Der Autor

© C. Kopplin

Ali Şen ist im Jahr 2000 in München geboren. Der nun 16 Jährige schrieb dieses Buch parallel zur Schule. Der Gymnasiast strebt zur Zeit das Abitur in Informatik und Recht an. Des weiteren bleibt er aktiv als Leistungsschwimmen.

Der letzte Kristall

von Ali Şen

FSC
www.fsc.org
MIX
Papier aus verantwortungsvollen Quellen
Paper from responsible sources
FSC® C105338

Bibliografische Information der Deutschen Nationalbibliothek: Die Deutsche Nationalbibliothek verzeichnet diese Publikation in der Deutschen Nationalbibliografie; detaillierte bibliografische Daten sind im Internet über http://dnb.dnb.de abrufbar.

Illustration: Umschlag- und Innenillustrationen: © Ali Sen
Bild Seite 2: © C. Kopplin

Herstellung und Verlag: BoD – Books on Demand, Norderstedt

ISBN: 9783743194656

Buch 1

Der Beginn

Vorwort:

Ich hatte einen Traum und damit meine ich keinen Traum für die Zukunft. Es war ein Traum, den ich eines Nachts hatte. Ein Traum an sich ist ja noch nichts Besonderes, aber man muss dazu sagen, dass ich sonst nichts träume. Darüber kann man streiten und begründen, ich würde meine Träume nur vergessen. Doch das war bei diesem Traum nicht der Fall. Ich erinnerte mich an ihn, und zwar nicht so, wie man sich normalerweise an einen Traum erinnert. Sondern ganz detailliert. Der Traum war wie ein Film vor meinen Augen, der sich auch während des Schreibens vor meinen Augen widerspiegelte und ich konnte jedes Detail wiedergeben, wenn es wichtig war und nicht alles verriet und die Spannung aufrechterhielt. Und heraus kam dies. Nach langer anstrengender Zeit im Labyrinth der deutschen Grammatik und Rechtschreibung.

Teil 1

Prolog

Mitte August 2016 Deutschland

Es war ein stürmischer Tag mitten im August. Der Wind wehte über das Land, schliff an den Bäumen, die sich hin und her beugten. Ein kleiner Ast brach ab und segelte durch die Luft, um dann auf dem Boden aufzuschlagen und in zwei Stücke zu zerbrechen. Eine Frau ging den Bahnsteig des Bahnhofs entlang, geschützt durch einen Regenschirm aus schwarzem Stoff. Darunter eine schwarze Regenjacke und eine vollkommen durchnässte Jeans. Sie hasste den Regen. Die Regentropfen knallten unaufhörlich gegen den Regenschirm. Tak. Tak. Tak. Mit einem Knack zerbrach der Ast, als sie darauf trat und unterbrach das Rauschen des Regens. Es war ein wahrlich wunderschöner Tag, um am Bahnsteig auf die S-Bahn zu warten, welche sicherlich Verspätung hatte. Wie immer! Eine Windböe zerrte an dem Stoff, bis die Metallträger sich auf die andere Seite dehnten. Sie wurde einen Schritt nach hinten geschleudert. Mit mehr Kraft als nötig bog sie ihn wieder zurück. Sie wurde beobachtet.

Das spürte sie und sah sich um. Sie war alleine. Niemand war auf dem Bahnhof. Nicht bei dem Wetter. Heutzutage hatte alle ein Auto, mit dem sie zur Arbeit fuhren. Die Schranken schlossen sich. Endlich würde ihre S-Bahn kommen. Doch dann kam die Durchsage: „Meine Damen und Herren ...“. Ein Knistern unterbrach die Durchsage. Sie hörte nur noch: „fällt aus“. Sie durfte auf den nächsten Zug warten. Ihr Tag war ruiniert.

Ein Junge trat vom Fenster zurück. Er hatte die gesamte Szene beobachtet. Sie dachte, sie wäre schlecht dran. Er würde keine Sekunde zögern, mit ihr die Rollen zu tauschen. Nur war das leider nicht möglich. Sie beide lebten in vollkommen verschiedenen Welten. Er hob seinen Becher hoch und trank aus der schon fast giftgrünen Flüssigkeit. Er wollte nicht wissen, was sich in der Flüssigkeit für Chemie befand. Er musste darüber auch nicht nachdenken. Ihm konnte es egal sein. Er stellte den Becher wieder zurück, nickte der Dame zu, die hinter ihm saß und irgendwelche Akten durchlas und ging zur Tür, welche ihn in einen anderen Raum führen sollte. Er berührte leicht die Türklinke, als ein kleiner Schlag ihn erwischte.

Er war woanders. Auf einem Schlachtfeld und kämpfte gegen jemanden. Der Boden unter ihm war schwarz gefärbt. Vielleicht durch den Tod. Er spürte erdrückenden Schmerz in seinem Innersten, so wie er ihn noch nie gespürt hatte. Er konnte sich nicht kontrollieren. Es war eine Vision. Ein Morgenstern erschien in seinem Blickfeld. Traf ihn. Er zersplitterte in Stücke. Ebenso die Vision. Was war das? Ein Fluch? Oder eine Vorahnung? Er drückte die Klinke und betrat den Raum. Hinter ihm verschwand die Tür in der Wand. Er war nicht in einem normalen Raum. Die Wände waren vollkommen weiß, ohne jegliche Verzierung und auch auf ein Fenster hatte man verzichtet, sodass der Raum nur durch eine weiß leuchtende, eher ältere Glühbirne erleuchtet wurde. Die einzigen Möbelstücke waren ein Tisch und vier Stühle. Er setzte sich auf einen der Stühle. Neben ihm saß ein groß gebauter Mann, welcher ihm zunickte. Auf der anderen Seite war ebenfalls einer. Dieser jedoch beachtete ihn nicht und war auf einen Punkt auf der anderen Seite des Raumes fixiert. Dort saß eine Frau. Das Gesicht verborgen durch Schatten, welcher durch eine kleine angeklebte Fläche auf der Glühbirne entstand. Der Junge wiederholte zum dutzendsten Mal: „Diese Schüler brauchen das. Jahrelang haben wir die Schüler hin und her geschoben. Nun haben wir eine reine Klasse". Er war nicht das erste Mal in diesem Raum. Die Frau, der diese Unterhaltung lästig geworden war, sagte nur: „Ich weiß, wie lange Sie auf diesen Moment gewartet haben. Ein, zwei oder drei Jahre mehr machen nun keinen Unterschied mehr." Sie lehnte sich demonstrativ nach hinten und kreuzte die Arme „Es wird große Probleme geben, sobald die Schüler das 15. Lebensalter erreicht haben. Ich werde am ersten Schultag den Schülern das Projekt vorstellen, egal was sie dazu sagen", sagte der Junge. Die beiden Männer stimmten dem Jungen zu, während dieser den Raum verließ. "Warte!", wurde ihm zugerufen, doch die Tür war schon ins Schloss gefallen. Ein dumpfer Klang war zu hören, als eine geballte Faust auf den Tisch traf. Warum hatte sie Geschäfte mit ihm gemacht? Dort draußen gäbe es so viele, wie ihn. Warum musste sie sich ausgerechnet ihn aussuchen? Nein, nicht sie hatte ihn gefunden, sondern er sie.

Nils war aufgeregt. Der letzte Ferientag brach an. Ein sonniger Tag. Sechs Wochen lang hatte er gefeiert, ausgeschlafen und entspannt. Morgen würde der erste Schultag beginnen. Die Ferien waren vorbei. Er wusste nicht wie er den letzten Tag überstehen sollte. Halb traurig und halb fröhlich, weil die Schule jetzt weitergehen würde, stand er auf und ging runter zum Wohnzimmer. Er war so aufgeregt. Er musste zugeben, *etwas* hatte er die Schule vermisst. Seine Klassenkameraden durften das natürlich nicht wissen. Er hatte keine Ahnung, was er tun sollte. Er hätte gerne einen Freund angerufen, aber die hatten sicherlich etwas zu tun. Lernen ging natürlich gar nicht, so blieb nur eine Sache, Videos auf seinem Computer. Und das den ganzen Tag, zumindest bis sein Internet aus war.

1

Ein seltsamer Schulbeginn

Mitte September 2016 Deutschland

Wach auf!", rief die Stimme ihm zu. „Lass mich", kreischte er zurück, drehte sich um und versteckte seinen Kopf unter seinem Kissen. Er wurde hin und her geschüttelt und stand dann endlich auf. Er hatte vergessen, seinen Wecker zu stellen. Ging die Schule denn schon wieder weiter? Jahr für Jahr der gleiche Alltag. Wenige Minuten später zog den Küchenstuhl zurück und setzte sich an den Tisch, wo schon seine Eltern saßen. „Und wie geht's in der Schule, Sohnemann?", wurde er von seinem Vater gefragt. „Dad, heute ist der erste Schultag", antwortet er leicht genervt. Es folgte keine Antwort. Nachdem er gefrühstückt hatte, machte er sich auf den Weg zum Bus. Eine fünfzehnminütige, langweilige Busfahrt stand ihm bevor. Er setzte sich im hinteren Teil des Busses zu seinen Freunden. Während der Fahrt rasten die Felder neben der Hauptstraße an ihm vorbei und er freute sich ein bisschen auf die *warme* Schule, denn dieses Jahr gab es irgendwie keinen richtigen, nennenswerten Sommer. Dann endlich hielt der Bus mit einem Zischen an der Haltestelle, welche direkt vor der Schule lag. Er musste nur wenige Schritte über den Kreisverkehr laufen, um am Schulhof anzukommen. Das riesige Schulgebäude erhob sich vor ihm zwei Stockwerke in die Höhe. Er betrat das Gebäude und sah sich um. Er war in der Aula, welche sich im laufe der Ferien nicht sehr geändert hatte. Er suchte sich seinen Klassenraum aus den Listen heraus, welche direkt neben dem nicht angeschalteten, digitalen Schwarzen Brett hingen. Kurz vor Unterrichtsbeginn kam er gelangweilt an. Im Klassenzimmer setzte er sich auf einen freien Platz und wartete darauf, dass der Unterricht begann. Er sah sich um. Dieses Jahr hatten sie, Gott sei Dank, ein großes Klassenzimmer und mussten sich nicht in eine Abstellkammer quetschen. Die Wände waren weiß gestrichen und es fehlte jede mögliche Verzierung. Zumindest waren sie mal weiß gestrichen. Schüler waren auf die brillante Idee gekommen, diese mit irgendwelchem Schmarrn zu beschriften. Eine Tür führte in einen Nebenraum, dessen Trennwand man durch hochmoderne Technologie einfahren konnte. Seine Tasche landete auf dem Boden. Vorne, wo bei normalen Klassenzimmern die Tafeln waren, stand ein Activ-Board, eine Art Fernsehbildschirm, welches man mit einem Computer oder speziellen Stiften bedienen konnte. Er öffnete seine Tasche und holte einen Block und sein Federmäppchen heraus. In Gedanken fragte er sich, was für Lehrer er wohl haben würde. Eine Lehrerin und ein Lehrer stellten sich als Klassenleiter vor und teilten ihnen die Schulvorschriften mit, die *fast* jeder aus der Klasse kannte. Bis auf die zwei Neuen. Die Lehrer hatten sich Punkt um Punkt abgewechselt und ihnen vorgestellt und waren endlich zu dem Letzten gekommen, als Egon, einer seiner Klassenkameraden, plötzlich aufstand. Er schob seinen Tisch leicht nach vorne, wobei sein Federmäppchen ihm herunterfiel und leise auf dem Boden landete. „Es tut mir leid, aber wir müssen weg! Sofort!", wies er die Lehrer an und ging einen Schritt nach vorne „Was meinst du damit?", fragte der Lehrer. „Es ist soweit". Der Lehrer erhob sich langsam. „Wann kommen sie?" „Ankunft in 38, 37, 36", antwortete statt Egon eine mechanische Stimme. „Rennt!", fuhr Egon die Klasse an. Der Lehrer wiederholte es nur. „Was ist hier los?", fragte die Lehrerin, aber es kam keine Antwort. Nils stand ebenfalls auf. Die Stimme fuhr fort: „3, 2, 1" Im Nachbarraum war ein Kreischen zu hören. Jetzt hatte er es eilig. Mit einem Knacken zerbrach ein Stift von Egon, als er darauf trat. Nils hatte schon den Raum verlassen, als ein Krachen die Stille brach. Er drehte sich noch mal um und sah, wie Trümmer den Boden des Klassenzimmers bedeckten. Darüber lag der Schatten einer riesigen Hand, welche mit riesigen Krallen versehen war.

Nils drängte sich durch das Gemenge der Schüler

und verließ letztendlich das riesige Schulhaus, um dann apprubt stehen zu bleiben. Das gesamte Gelände war umzingelt. Dutzende Polizeiwagen hatten sich auf dem Kreisverkehr aufgestellt und den Weg gesperrt. Schüler um Schüler ließen die Polizisten passieren. Sie hielten Ausschau nach etwas. Da sah er auch schon seinen Lehrer, welcher sie alle zusammenzusammeln versuchte, was ihm auch gelang. Sie bahnten sich den Weg durch die Barriere und blieben im Kreisinneren stehen. Ein schwarzer Bus kam auf sie zu und rammte mehrere Polizeiwagen aus dem Weg, um dann vor ihnen anzuhalten und die Türen mit einem Zischen zu öffnen.

Egon drehte sich einmal um sich herum. Die Wand hinter ihm zerbrach in Stücke, als sie hindurchbrachen. Er wusste, was sie gemacht hatten und wollte es sich nicht genau vorstellen. Blut floss ihm bis vor die Füße. Nein, es konnte nicht nur das Blut von den Schülern sein. Diese gehirnlosen Bestien vor ihm hatten nur einen Willen: Töten, egal ob einen Menschen oder einen ihresgleichen. Einer von ihnen bäumte sich auf. Und ließ seine Hände sehen, welche von weißen Haaren überwuchert waren und auf dornartige Nägel endeten. Er hob sein Maul und heulte laut. Die anderen taten dasselbe. Er senkte seinen ebenfalls mit weißen Haaren bedeckten Kopf wieder und begutachtete Egon mit seinen roten Augen, passend zu dem Blut, welches sein Maul hinunter tropfte. Mit einem Knurren spannte er seine Muskeln an und sprang auf Egon. Dieser hatte nur darauf gewartet, drehte sich zur Seite und rammte dem Curt das Messer in die Schulter, welcher stürzte und erst von der Wand aufgehalten wurde. Insgesamt waren drei Curts im Raum. Jedoch waren sicherlich viel mehr in der Nähe und würden das frische Blut riechen. Er musste sie schnell erledigen. Ein Curt an sich war nicht sehr gefährlich, dahingegen ein Rudel schon und dazu war er nicht allzu gut bewaffnet. Es war wie bei Wölfen. Einer alleine war keine Bedrohung, mehrere schon. Warum Wölfe? Ein Curt war nichts anderes als eine Mischung von einem Menschen und einem Wolf. Es spielte keine Rolle, welche Farbe das Fell besaß, jedes von ihnen wurde mit der Zeit rot vom Blut. Der Curt hinter ihm hatte als einziger von den Werwölfen hier im Raum ein weißes Fell, die beiden anderen ein schwarzes. Beide rannten los, was ihnen aber nicht viel brachte, außer das, alle einmal die Seiten wechselten. Der weiße Curt stand langsam auf und zog sich das Messer aus seiner Schulter heraus. Konnte ein Werwolf Schmerz fühlen? Er hatte noch nie etwas davon gehört. Der Curt zeigte ihm demonstrativ das schwarze Messer und verbog es vor seinen Augen, bis das Metall zersplitterte. Er schleuderte die nutzlose Waffe weg und begann sich über seine Wunde zu lecken, die sich langsam schloss. Egon hatte sinnloserweise sein Messer verschwendet. Jedoch hatte er bisher noch niemals gesehen, dass ein Curt so etwas tat. Niemals zuvor hatte er gesehen, wie ein Werwolf eine Waffe aus seinem Körper entfernte oder das andere Werwölfe sich nicht gleich auf den Verletzten stürzten. Irgendwas war mit diesen hier anders. Die Curts blieben dort stehen und beobachteten ihn, warten auf etwas, dass er tun sollte. Aber das konnten sie nicht. Ein Curt konnte nicht warten. Es war nicht möglich, dass ein Curt denken konnte. Er wusste, was sie von ihm wollten, obwohl es eigentlich nicht sein konnte. Egon sollte sich bewaffnen und das tat er auch. Eine kleine Öffnung öffnete sich in der Wand und der Knauf eines Schwertes wurde sichtbar. Darauf war der Schriftzug <<*ilfirin*>> nur leicht zu erahnen. Egon schloss seine Hand um den Knauf und zog die Klinge aus der Halterung. Die Klinge hatte zu lange geruht und rief nach Blut. Die schwarze Klinge, welches das Licht in sich hineinsaugte, anstatt es zu spiegeln, richtete sich selbstständig in Richtung der Wölfe. Die beiden mit dem schwarzen Fell rannten auf Egon zu, welcher ihnen entgegen kam. Egon verlagerte sein Gewicht nach hinten, soweit das er am Boden lag und einfach weiterglitt. Mithilfe des Schwertes richtete er sich dann wieder auf. Die beiden Werwölfe waren an ihm vorbeigelaufen, ohne ihn mit ihren Klauen zu erwischen. Egon konnte dies nur Recht sein. Blut tropfte von der Klinge und hinterließ noch mehr Spuren. Egon, welcher mittlerweile stand, drehte sich um, um sich die Curts anzuschauen. Er hatte beide erwischt. Der Oberkörper des Einen glitt von den Beinen ab und knallte in das Blut, das mittlerweile den ganzen Boden bedeckte. Der Andere war mitten durchgetrennt worden und zersplitterte in zwei Teile. Die Klinge hatte ihre Aufgabe hervorragend ausgeführt. Er ging einen Schritt auf die Tür zu, um den Raum zu verlassen, als etwas ihn am Hals packte und ihn in die Höhe hob. „Da war ja noch etwas gewesen", erinnerte er sich. Der weiße Curt war noch übrig. Er wurde zur Seite geschleudert und knallte gegen die Wand. Die Klinge glitt ihm aus der Hand und verschwand in einem See voll Blut, wozu auch er mitgetragen hatte. Er wurde am Bein gepackt und mit unermesslicher großer Kraft geschleudert. Egon spürte etwas hartes und entfernte sich schleunigst davon. Feuchte Hände packten ihn erneut und würgten ihn. Ihm wurde die Luftzufuhr gestoppt. Verzweifelt schloss er seine Hände um die des Curts, jedoch war diese Kraftmaschine nicht von ihrem Vorhaben abzubringen. Egon konnte Curts nicht leiden. Es lag zwar einerseits in seiner Geschichte, aber auch an dem Wesen an sich. Es lag daran, dass ein Curt sich nicht kontrollieren kann und immer macht, was sein Instinkt will. Und dieser wollte nur eine Sache: Töten! Und weit entfernt war der weiße Curt davon nicht. Egon ging langsam die Luft aus, was aber nach mehr als einer Minute erwürgen, kein allzu großes Wunder war. Egon war aber nicht der Typ, der einfach so sich erwürgen ließ, ohne etwas dagegen zu tun, ebenso, wie er nicht der Typ war, der einfach unbewaffnet herumlief, sondern immer eine zusätzliche Klinge bei sich trug. Diese Klinge bohrte sich in den Hals des Curts, worauf dieser losließ und Egon in das Blut fiel. Egon erhob sich wieder und schnappte nach Luft. Er streckte seine Hand aus und das schwarze Schwert glitt aus dem Blut hinaus und landete in seiner Hand. Danach verließ er den Raum und bahnte sich den Weg zu Ausgang. „System, entsorgen sie alle Beweise", sprach er vor sich hin. „Wie Sie befehlen", wurde ihm von der gleichen mechanischen Stimme geantwortet, die es auch im Klassenzimmer getan hatte.

Eilig drängte Nils sich als einer der Ersten in den Bus, da sich die Tür direkt vor seiner Nase geöffnet hatte und ergatterte einen Platz. Dann beobachtete er alles aus dem Fenster. Draußen herrschte das absolute Chaos. Polizisten rannten hin und her. Schüsse wurden abgefeuert. Ein Teil der Polizisten versuchte irgendwie den Bus unter Kontrolle zu bekommen, der sich mitten in die Barrikade hineingeschoben hatte, ein anderer irgendwie das Schulgelände zu sichern. Plötzlich gab es einen Ruck, als der Bus seine Motoren startete und rückwärts herausfuhr. Nils, welcher ganz hinten in dem Bus saß, welcher innen ebenso dunkel war, wie außen, sah noch mal zurück zur Schule. Er hatte dort seine Tasche gelassen, darin sein Handy. Er machte sich sorgen darum und wollte sich gerade davon abwenden, als ein Knall erklang. Eine riesige Feuerwelle vom Schulhaus aus raste auf sie zu. Steine prasselten gegen die Scheibe. Der Bus wurde schneller.

Es war eine sehr lange Fahrt. Der Bus verließ Deutschland, kam nach Österreich, verließ das bergige Österreich und kam nach Slowenien und kam niemals an. Irgendwann schliefen alle ein und wurden erst geweckt, als dieser stand. „Leon! Aufwachen! Wir sind da! Leon!" Leon wachte auf und sah, dass es Nils war, der ihn aufweckte. Es dauerte einen Moment, bis er sich erinnerte, doch dann wusste er, was passiert war, aber nicht, wo er war. „Wo sind wir?", fragte er ihn. Nils antwortete, er wüsste es nicht. So stand Leon, immer noch müde auf und sah sich um. Überall waren Schüler, die den Bus verließen. Er holte seinen Rucksack von der Ablage und machte sich auf den Weg nach draußen. Es war warm. Das war sein erster Eindruck. Er sah einen Lehrer und ging nach vorne, zumindest wollte er es. In der Ferne sah er einen Palast. Wo waren sie hier? Er erinnerte sich an Schloss Neuschwanstein. Aber im Vergleich zu diesem Palast war Schloss Neuschwanstein ein Kinderspielzeug. Neben ihn tauchte Henry auf. Ein etwas seltsamer, aber netter Junge. Henry war einer seiner Klassenkameraden und Leon konnte ihn getrost einen Freund nennen. Henry hatte stehst die Eigenschaft, alles was er hörte irgendwie negativ auszuwerten, egal wie positiv es war und daher war Leon sehr überrascht, als Henry bemerkte: „Schön, oder?" Leon murmelte ein „Ja". Er konnte sich nicht vom Anblick losreißen.

2

Achtung Zug

Es folgte ein langer Fußweg. Keine Straße führte zum Palast. Jeder Weg und jegliche Art von Fahrbahn war entfernt worden. Das war nicht genug. Felder waren mit Wäldern bepflanzt worden, um das überqueren zu erschweren. Es gab nur einen einzigen Weg und dieser führte direkt durch eine Wiese, damit alles vom Palast beobachtet werden konnte. Der Busfahrer hatte sich geweigert weiterzufahren und war am Ende der Straße stehen geblieben. Der Lehrer, Leon konnte sich nicht an seinen Namen erinnern, hatte irgendetwas in die Hand genommen, was das Licht spiegelt und seine Aufmerksamkeit auf sich zog, da es ihn blendete, doch bevor er der Gegenstand genauer erkennen konnte war dieser schon wieder verschwunden. Wütend hatten sie sich dann auf den Weg gemacht und waren immer weiter und weiter gelaufen immer tiefer in den Wald. Leon wusste zwar nicht wo sie waren, aber eins wusste er mit Sicherheit: Dieser Wald war nicht normal. Bäume ragten in den Himmel und ließen nur minimal Licht hindurch auf den Boden treffen, jedoch war der Boden nicht wenig bewachsen. Winzig kleine Tiere liefen zwischen ihren Beinen hindurch und verschwanden auch schon im nächsten Strauch, bevor man sie auch nur erkennen konnte. Irgendetwas war an diesem Wald anders. Es hatte etwas beängstigendes an sich. Laute Geräusche hallten zwischen den Bäumen hindurch, unklar, ob die Wesen, die sie ausstoßten, nur wenige Meter entfernt waren oder hunderte. Der Wald schien sich ewig weiterzuziehen, jedoch der einzigste Trost die Türme des Palastes schien sich eher zu entfernen, anstatt näher zu kommen. Ein lautes Kreischen hallte durch den Wald. Der Lehrer trieb sie immer schneller weiter. Dann blieben sie stehen. Eine Mauer versperrte ihnen den Weg. Mühsam kletterten sie über die halb zerfallene Mauer und kamen in einen weiteren Teil des Waldes. Dieser war nicht so stark bewachsen, wie der Vorige. Der neue Abschnitt war aber wesentlich kleiner als der andere. Plötzlich hörten die Bäume auf und sie erreichten das Ende des Waldes. Der Palast ragte nun vollständig vor ihnen hinauf, war jedoch immer noch endlos weit entfernt. Mehrere Meter vor ihnen war etwas Schwarzes. Ein schwarzes Rechteck, mit mehreren Düsen auf allen Seiten. Anders nicht zu beschreiben. Der Lehrer drängte alle in das Etwas hinein. Als alle in diesem Etwas drinnen waren, schlossen sich die Türen blitzartig, sodass jemand fast zerquetscht wurde. Dann folgte Stille. Es war nicht dunkel, aber was bringt das Licht, wenn man in einem schwarzen Raum ist. „Daran hatte ich leider damals nicht gedacht“, sagte plötzlich eine bekannte Stimme hinter Leon. Er drehte sich um und sah, dass Egon hinter ihm aufgetaucht war. Woher kam den Egon? Leon hatte ihn nicht mehr gesehen, seit sie das Klassenzimmer verlassen hatten. Egon war nicht im Bus gewesen und war auch nicht im Wald mitgelaufen. Er drehte sich wieder zurück. Egon verwirrte ihn nur. „Du verwirrst dich selbst“, sagte Egon. Als Leon sich umdrehte, war der Platz hinter ihm leer. Vielleicht hat Egon ja sogar recht. Plötzlich fuhr ein Ruck durch das Etwas und direkt danach ein weiterer. Leon wurde gegen die eine Wand des Transporters gedrückt und er stürzte auf den Boden. Transporter hieß das Etwas, worin er sich befand. Erneuert ging ein Ruck durch den Transporter. Ein mechanisches Rattern erklang und es wurde immer langsamer und blieb stehen. Langsam stand er wieder auf, hielt sich aber immer noch an den Wänden fest. Es war ganz leise, bis auf ein mechanisches Ticken, welches irgendwann verstummte und der Transporter dann nicht mehr still stand. Der Transporter stürzte in die Tiefe und wurde immer schneller und schneller, bis Leon sich leichter fühlte. Es schien, als wiege er nichts. So als ob er fliegen würde, wie ein Vogel. Und dann hörte es wieder auf. Mit einem lauten Rattern wurde der Transporter langsamer und blieb dann erneut stehen. Mit einem Zischen öffnete sich die Tür und gab den Blick auf einen langen Gang frei, welcher von allen Seiten mit spiegelnden Metall ummantelt war und so aussah, als ging er ins endlose weiter, jedoch war das nicht so, wenige Meter später war eine Tür, so groß wie die Breite des Ganges, aber nicht die Größe der Tür war das außergewöhnliche. Es war die Tür selber. Riesige Zahnräder bildeten sie. Leon sah, wie Egon den Transporter verließ und langsam den Gang entlang ging. Sein Spiegelbild folgte ihn millionenfach, bis er direkt vor der Tür stehen blieb. Leon trat langsam in den Gang, genauso wie seine Klassenkameraden. Sie sammelten sich hinter Egon. Erst jetzt fiel Leon auf, das Egon nicht mehr das selbe trug, wie davor in der Schule. Ein Umhang lag um seine Schulter und bahnte sich wie schwarzes Wasser den Weg zum Boden und reichte noch wenige Zentimeter über den Boden um dann dort zu enden. Egon hob seine geschlossene Hand in der sich etwas befand, welches Leon nicht erkennen konnte. Jedoch leuchte es strahlend hell aus Egons Hand heraus. Egon steckte seine Hand mitten in eine kleine Öffnung zwischen den Beiden größten Rädern. Ein Ruck ging durch die Tür und eins der kleinen Zahnräder begann sich zu drehen, erst ganz langsam, dann immer schneller und schneller, das nächste folgte und darauf wieder das nächste. Mit einem Knacken wurde ein kleiner Spalt sichtbar, welcher sich langsam vergrößerte. Das kleinste Rad, welches als erstes sich gedreht hatte, wurde immer schneller und begann leicht weiß zu leuchten, war nicht mehr zu erkennen, dass es sich um eine Zahnrad handelte. Dann blieb es stehen und das ganze System hielt an. Ein kleiner Spalt hatte sich gebildet, groß genug, sodass ein Mensch hindurch passte. Egon verschwand durch die Öffnung und war kurz nicht zu sehen, bis Leon ebenfalls den nächsten Raum betrat. Es handelte sich um eine riesige Halle. Das Dach bestand nur aus Glas und gab den Blick auf den Himmel frei, welcher von dunkeln Wolken bedeckt war und dadurch dafür sorgte das der gesamte Raum recht dunkel war. Die Glaskuppel reichte bis zur Unerkennbarkeit weiter. Schwarze Röhren führten in den Raum seitlich hinein, neben der Tür, die sie genutzt hatten, waren noch dutzende andere. Ein Pfeifen durchfuhr die Halle und lenkte Leons Aufmerksamkeit auf die Züge in dem Raum. Es war die größte Ansammlung verschiedenster Züge, die er jemals gesehen hatte. Hingegen zu allen Bahnhöfen, die er kannte, hielten hier keine einheitlichen Zugtypen. Alte Dampfer standen neben modernen Zügen. Jedoch sah er Züge, die er nie zuvor gesehen hatte. Das Pfeifen kam von einem alten Dampfer, welcher langsam anfuhr und durch einen der Tunnel den Bahnhof verlassen würde. An dieser Lok war nichts normal. Eine riesige Menge von Rauch und Ries wurde aus dem riesigen Kessel geschleudert als die Lok langsam beschleunigte. Die kleinen Holzräder wurden immer schneller und langsam fuhr sie an. Die gesamte Lok bestand aus Holz. Vielleicht war drinnen etwas Metall, aber von außen war die Lok von Holz umgeben. Von den Rädern, bis zu dem Schornstein. Ein anderer Riese zog seine Aufmerksamkeit. Es handelte sich um einen ICE, welcher ebenfalls abreisen würde. Auf der Anzeige stand in Großbuchstaben <<München>>. Dieser ICE fuhr direkt hierher und sie hatten den ganzen Aufwand betrieben um sich bis hierher durchzukämpfen. In dem Moment kam ein schwarzer Schatten in die Halle hineingefahren. Es handelte sich um einen schwarzen Zug, den er aber nicht mit einem verbinden konnte. Wie bei Hochgeschwindigkeitszügen endete dieser abgespritzt, aber der Zug verlief danach nicht rechteckig, sondern war vollkommen rund. Er spürte eine Hand auf seiner Schulter „Ich weiß, es ist unglaublich", sagte Egon, der einfach neben ihm aus dem Boden gewachsen zu sein schien: „Wir müssen aber weiter" Der eingefahrene Zug war überall vollkommen schwarz. Nichts darin war zu erkennen. Es schien als Bestände er nur aus Glas. Mitten vor dem Zug blieb Egon stehen und berührte die Oberfläche des Zuges. Ein kleiner Lichtblitz durchschoss die Oberfläche und zwei kleine Platten schoben sich in die Höhe und bildeten so ein kleine Treppe, dann öffnete sich mit einem Zischen die Tür. Egon trat ein und die Klasse folgte ihm. Leon setzte sich auf einen der Sitze und sah sich um. Überall hingen Sicherheitsschilder mit Anschnallbildern auf *Deutsch* und Englisch. Deutsch? Leon schnallte sich nicht an. Warum denn? Er tat es nicht, manch andere schon, aber nicht alle. Ein Ruck erfolgte und Leon wurde von seinem Sitz geworfen. Das war nicht das Schlimmste. Die Fahrt dauerte nicht lang. Nicht mal zehn Sekunden. Und dann kam eine Bremsung. Von einer Sekunde auf die andere standen der Zug. Leon wurde durch den Raum katapultiert. Die Wand brachte ihn zum Stehen.

Ihm tat alles weh. Eine Hand half ihm auf und plötzlich war der Schmerz weg. Den anderen, die das Gleiche erlebten, ging es genauso, wie man an ihren Gesichtern erkannte. Er stand auf und sah, dass es Egon war, der ihm aufhalf. Ihm blieb keine Zeit, sich zu wundern, denn er sah, dass die anderen schon weiter gingen. Wartet doch mal einen Moment! Er lief hinterher. Diesen Fehler würde er nicht noch mal machen, versprach er sich insgeheim. Egon hätte sie warnen können. Leon kam zum Rest der Klasse und sah sich um. Sie waren im Palast. Endlich. Nils kam auf ihn zu, er lächelte schadenfroh und rief: „Leon, alles in Ordnung? Wer lesen kann, ist klar im Vorteil.“ „Ja. Alles in Ordnung“, antwortete er.

3

Der Palast von innen

Der Palast thronte direkt vor ihnen in die Höhe. Mauern aus braunem Gestein reichten nach links und rechts und wurden durch ein riesiges metallenes Tor verbunden, welches sich passend zu ihrer Ankunft öffnete. Langsam betraten sie die riesige Halle, welche direkt dem Tor folgte. Innen war alles aus Marmor. Zu dem weißen Boden und den ebenfalls weißen Wänden brachten schwarze Brunnen und Statuen berühmter Leute, von denen Leon die Hälfte nicht kannte, den Kontrast. Auf kleinen Tischen, die eher zur Zierde standen, standen bunte Vasen. In der Mitte stand der größte Brunnen. Wasser, in Form von Fontänen, wurde nach oben katapultiert und wieder eingefangen, sodass kein einzelner Wassertropfen verloren ging. Ein Pfiff ertönte, doch niemand reagierte. Ein zweiter folgte, doch ein Ergebnis blieb aus. Es war Egon, der versuchte die Menge weiterzuführen. Wütend hob er die Hand und wie aus Geisterhand folgten alle ihm und stiegen die linke Wendeltreppe hoch. Nach der Treppe, welche ebenfalls aus strahlenden Marmor bestand, folgte ein kleiner Raum von dem zwei weitere Türen und eine identische Treppe herausführten. Die eine Tür öffnete sich automatisch und sie alle traten hindurch. Von dem Gang, worin sie standen grenzten elf Türen ab. Egon blieb in der Mitte stehen und zeigte auf die zehn Türen, die immer parallel gegenüberlagen und erklärte, dass hier die Jungenzimmer lägen und jeder Junge sich eins aussuchen soll. Leon ging einfach zum erstbesten und stellte sich davor. Egon holte einen Haufen Karten aus seiner Tasche und teilte sie alphabetisch aus. „Leon", er kam zu ihm und gab ihm eine Karte. Er wusste nicht, was er mit seiner Karte machen sollte, und musterte die Karte. Sie war vollkommen schwarz. In weißer Schrift stand sein Name, daneben ein Bild von ihm, sonst waren dort nur Zahlen, die er nicht deuten konnte. „Seht ihr dieses schwarze Ding, dort, wo normalerweise das Schlüsselloch ist? Steckt eure Karte hinein, dann tippt einen vierstelligen Code ein, den ihr nicht vergessen dürft", wies er sie an. Leon dachte nach: *0000* ging nicht. *1234* dementsprechend auch nicht. *2403* musste es sein." Es handelte sich um seinen Geburtstag. „Danach müsst ihr euren *rechten* Daumen auf die silberne quadratische Fläche drücken. Wartet, bis es piepst und zieht dann eure Karte heraus!", fuhr Egon fort. Da war wirklich so was. Einfach eine schwarze Kiste, die womöglich mit der neusten Technologie vollgestopft war. Kurz darauf piepste es und man hörte, wie sich ein Riegel löste. „Wie kam er eigentlich an unsere Fingerabdrücke?“, dachte Leon sich, als er seinen Finger vom Gerät entfernt hatte. Ein paar Sekunden passierte nichts, doch dann schoss die Tür nach oben und verschwand in der Decke. Hilfe! Daran würde er sich gewöhnen müssen, falls das überhaupt ging. Aber eins war sicher, *das* war keine normale Tür. Vor ihm öffnete sich ein vollkommen weißes, großes und leeres Zimmer. Alles für ihn? Er schaute kurz hinein und schaute zurück zu Egon. Er winkte alle zu sich her. Hinter ihm schloss sich die Tür ebenso schnell, wie sie aufgegangen war und er konnte seine Karte entnehmen. Egon wartete kurz, bis alle da waren, und zeigte dann auf die elfte Tür am Ende des Ganges und ging in die Richtung. Ungefähr einen Meter vor Egon schoss auch diese Tür in die Höhe und gab den Blick auf einen riesigen Raum, viel größer als ihre Zimmer, mit Tischen, einem *sehr* großen Sofa, einer Kinoleinwand, mehreren Regalen mit Filmen, Büchern, Spielen und mehreren Computern frei. Toll !!! Egon erklärte, dass das der Gemeinschaftsraum sei. „Ich zeige jetzt den Mädchen ihre Schlafzimmer oben, ihr könnt währenddessen dieses Zimmer erforschen. In fünfzehn Minuten treffen wir uns unten. Seid pünktlich!“, sagte er zu den Jungen gewandt. Dann ließ er sie allein, um den Mädchen ihre Zimmer zu zeigen, wie er schon gesagt hatte. Der erste Eindruck war falsch. Der Raum war sogar noch besser, als zunächst gedacht. Erst beim genaueren Hinschauen sah man die drei

Flachbildschirme, die in die Wände eingelassen waren und erst durch Knopfdruck hinausfuhren und die vier Trennwände, die man ausfahren konnte, um in Ruhe einen Kanal zu schauen, ohne sich von den zwei weiteren Fernsehern und der Leinwand stören zu lassen. Die Zeit verging wie im Flug. Keiner schaute auf die Uhr, obwohl über jedem der Fernseher eine Uhr hing. Erst als sie Egon wütend an der Tür sahen, bemerkten sie, dass über zwanzig Minuten vergangen waren. Eilig machten sie sich auf den Weg nach unten. Pünktlichkeit war eben so ne Sache. Am Ende des Ganges fragte er Egon, was hinter der zweiten Tür liege und Egon antwortete laut: „Hab ich das vorhin nicht gesagt? Dort ist die Jungentoilette." Leon versicherte ihm, er habe es nicht gesagt und sie gingen weiter. Unten warteten die Mädchen schon auf sie. Sie wurden mit Kommentaren attackiert, wie zum Beispiel: dass Pünktlichkeit für Jungen ein Fremdwort sei. Egon sorgte für Ruhe.

Er zeigte auf die linke Tür und erklärte, dort befände sich sein Besprechungszimmer und bei Fragen wäre er meistens dort. Dann zeigte er ihnen die Küche, und so unglaublich es klingt, auch sie war riesig. Dann ging es weiter durch die Tür auf der rechten Seite der Eingangshalle, welche zu einem Gang führte, der bis in die Unerkennbarkeit weiterführte. So ging das noch eine Stunde lang weiter. Als Egon merkte, dass sich die ersten langweilten, schickte er jeden auf sein Zimmer. Also stieg Leon hoch. Er wollte eigentlich noch mehr sehen. Aber er war müde und wollte so schnell wie möglich ins Bett. Er war einer der Ersten. Aber die Zimmer waren leer gewesen? Er kam zu seiner Tür, steckte seine Karte hinein, gab seinen Code ein, gab seinen Fingerabdruck ab und die Tür öffnete sich auf die ungewohnte Art und Weise. Verwundert bemerkte er, dass sein Zimmer voll eingerichtet war. Alles war so, wie er es mochte. Die Wände waren in seiner Lieblingsfarbe angemalt, ein ähnliches Bett wie bei ihm zu Hause stand in der einen Ecke, auf der anderen Seite ein Schreibtisch. Alles war, wie bei ihm zu Hause. Wie konnte das sein, Egon war die ganze Zeit bei ihnen und er war noch nie in seinem Zimmer? Die Müdigkeit überrannte ihn. Das Letzte, was er noch wahrnahm, war, dass sich die Tür hinter ihm schloss.

Auf diese so außergewöhnliche Weise.

„Bitte geben sie ihren sechzehnstelligen Code erneut ein", antwortete die mechanische Stimme der Tür. Ein Fluchen war zu hören und ein längeres „Beep" folgte. Dann erst fuhr die Tür nach oben und öffnete den Durchgang. Mit schweren Schritten wurde der Raum betreten. Dann schloss sich die Tür. Die Person legte den Schlüssel auf den Tisch. Ein mechanisches Rakeln war zu hören. Dann wurde es wieder still. „Hoffentlich hat es ihnen hier gefallen", wurde gemunkelt und das Licht erlosch. Ein leises Räuspern war zu hören und die Person setzte sich wieder auf. „Was ist?". „Sie wissen genau, das sie das nicht hätten machen dürfen! Warum also um Himmelswillen tun sie immer so was?”. „Was hätten sie den gemacht? Hatten sie sie zum Kaffee eingeladen?”. „Zumindest nicht das, was sie gemacht haben?”. „Es hätte da sein können”. „Und war es das? NEIN! War es nicht. Sie geben denen jetzt schon Gründe die Schule zuschließen. Reißen sie sich am Riemen”. Die Tür öffnete sich mit einem Zischen und der Raum wurde durch das Licht von draußen kurz erhellt. Lange genug um zu sehen das ein Brief auf dem Tisch stand. Dann wurde es wieder dunkel.

4

Der 1.Tag im Paradies

Leon hatte gut geschlafen. Erst konnte er nicht einschlafen. Das war aber normal für ihn. In einem fremden Bett fühlte er sich nicht immer wohl. Es verging nicht allzu viel Zeit, bis er in die Welt der Träume versank. Geweckt wurde er durch ein Piepsen, das stetig lauter wurde und ihn in die Wirklichkeit riss. Müde schlug er nach rechts, wo normalerweise sein Wecker stand, aber da war nichts. Nur ein kleines Nachtschränkchen. Er analysierte die Lage. Name: Leon; Alter: 14; ... . Er erinnerte sich wieder. Langsam erhob er sich von seinem Bett. Der Ton verstummte augenblicklich. Er sah sich um. Es sah so ähnlich aus, wie bei ihm zu Hause. Er sah auf seine Uhr. 7:45 Uhr. *So spät*? Er erinnerte sich, dass er um acht Uhr in der Küche sein musste. In Akkordzeit machte er sich fertig und rannte zur Küche. Die Tatsache, dass er nicht der Letzte war, sagte ihm, dass die anderen genauso müde waren, wie er. Ungefähr die Hälfte der Klasse war anwesend. Hauptsächlich Mädchen. Er entdeckte Henry und schlenderte zu ihm hin. Dieser aß Spiegelei. Leon spürte, wie hungrig er war, und fragte Henry: „Woher hast du das Essen?“ Hunger! Er antwortete schmatzend: „Hinten bei der Essensausgabe.“ Und da sah er es auch. Innerhalb weniger Sekunden war er dort. Fünf Köche hantierten in einer voll eingerichteten Küche herum. Einer drehte sich zu ihm um und fragte, was er essen wolle. „Fünf Spiegeleier“, antwortete er, wie aus einem Blitz geschossen. Der Koch lachte und eine Minute später reichte er ihm einen Teller mit dem Essen. Leon bedankte sich und ging wieder zu Henry. Neben ihm saß nun auch Justus, der wohl mittlerweile auch aufgewacht war. Ein sehr schönes Leben hier. „Hallo, du Schlafmütze!“, rief er ihm zu. Dieser winkte ihm schlaftrunken zu. Kurze Zeit später kam auch Justus mit seinem Essen zurück. Die Küche füllte sich langsam mit Schülern. Kurz nach acht Uhr kam auch Egon dazu. Er war der Einzige, der nicht müde aussah. Er holte sich ebenfalls etwas zu essen und setzte sich an den Nebentisch. Leon stand auf und setzte sich ihm gegenüber hin. „Was machen wir heute alles?“ , fragte er ihn. Er antwortete: „Nach dem Frühstück geht es in die Klassen und der Unterricht fängt an.“ Leon antwortete: „Das ist doch ein Scherz?“ Er verneinte. Um halb neun stand er auf und sagte laut: „Kommt, der Unterricht fängt an!“ Sie gingen, eher unfreiwillig, die rechte Wendeltreppe hinunter und befanden sich nun in der

Eingangshalle. Er fragte Egon erneut, was sich hinter der absteigenden Treppe in der Mitte der Halle befände, doch er antwortete nicht. Nach einem kurzen Marsch kamen sie in einem der zahlreichen Klassenzimmer an. Warum gab es hier so viele Räume? Sie waren doch nur eine Klasse. Er hoffte, dass Egon seine Frage, die er nur gedacht hatte, beantworten würde. Er traute ihm alles zu. Aber er hoffte umsonst. Egon trat nach vorne zum Lehrerpult. Er wartete, bis alle sich hingesetzt hatten, und teilte ihnen mit, dass das Schulsystem an dieser Schule anders sei. Er erzählte ihnen, dass es Fächer gäbe, in denen sie nur zu zweit oder zu sechst seien, zusätzlich zu den Fächern der ganzen Klasse. Er bat alle sich in akzeptable Zweiergruppen zu teilen. Am Ende änderte er noch ein paar Sachen, sodass jeder zufrieden war, oder auch nicht. Er gab jeder Zweiergruppe einen Stundenplan und entließ alle zu den festgelegten Unterrichtsstunden. Leon sah sich sein erstes Fach an: *„Kampfkunst“*. Klang interessant. So machte er sich mit seinem Partner Nils auf den Weg. Es war einer dieser großen Säle mit nur einem Tisch ganz hinten und gepolsterten Boden. Drinnen erwartete sie ein alter Mann, der eine Augenklappe trug. Dieser alte Pirat sollte ihnen was beibringen? Er fragte sie nach ihren Namen. Sie stellten sich vor und er auch. Seinen Namen vergaß Leon sofort, er war viel zu schwierig. Er aber hatte keine Probleme, sich ihre zu merken. Sie waren die einzigen Schüler in der Stunde. Seine Aufmerksamkeit galt ihnen. Er drückte einen Knopf und auf den zwei gegenüberliegenden Wänden erschienen zwei Regale, als sich die Wand hob. Ein blauer Strahl schützte die Waffen, die in dem Regal vor ihnen lagen. Waffen. Zu den Waffen, die jeder kennt, kamen auch ihm unbekannte. Er konnte sich nicht zurückhalten und griff zu einer der Waffen. Zumindest wollte er das. Als er die blaue Schutzschicht berührte, fraß sich ein grässlicher Schmerz durch seinen Körper. Er drehte sich um, als er den Lehrer lachen hörte. Dieser sagte: „Regel 1: Niemals die Waffen vor meiner Erlaubnis anfassen!“ Nach diesen Worten klatschte er laut und die blaue Barriere verschwand. „Jeder nimmt sich ein Holzschwert“, sagte er. Sie taten, wie gesagt. Daraufhin fuhr er fort: „Regel 2: Derjenige von euch, der als Erstes entwaffnet ist, muss den Boden schrubben“. Er setzte sich auf den Stuhl und klatschte laut. Vier Barrieren erschienen. Drei an den Wänden und eine, die sie zwei von dem Lehrer trennte. „Ich möchte euer Potenzial sehen, um darauf aufzubauen“, sagte er. Leon lächelte und griff an. Nils, der ungefähr eineinhalb Kopf kleiner war als er, entwaffnete er in Sekundenschnelle, indem er mit meinem Holzschwert mit aller Kraft auf seines darauf schlug und es aus seiner Hand fiel. Aber damit war nicht genug. Er konnte nicht aufhören und er schlug weiterhin auf den armen Nils ein, der um Gnade flehte. Nils begann aus der Nase und weiteren Stellen zu bluten. Aus dem Augenwinkel nahm Leon wahr, wie der Lehrer die Hand hob. Der Boden unter ihm verschwand und er flog gegen die Wand. Wäre doch kein Schild da gewesen, aber es war da. Das Letzte, was er sah war, dass zwei Ärzte mit einer Trage hineinkamen. Das Letzte, was er hörte, war das Knistern des Schildes und das Letzte, was er spürte, war Schmerz, unglaublicher Schmerz.

Der arme Nils

5

Die Woge der Gerechtigkeit

Egon war in seinem Büro und plante die nächsten Tage, als der Lehrer der Kampfkunst hineintrat. Egon wusste, dass was passieren würde, das teilte ihm die Zukunft mit, aber die Zukunft basiert auf Möglichkeiten und bei zwanzig Schülern sind das genau zwanzig Möglichkeiten. Er erwartete eher den Sportlehrer, aber es war der Kampfkunstlehrer. Dieser teilte ihm mit, was passiert war. Schrecklich. Kurz darauf brachte dieser ihm auch den Schuldigen. Leon. Egon las seine Gedanken und wusste, dass er, als einer der Ältesten der Klasse nichts dafür konnte, aber was sollte er ihm und den anderen sagen? Dass das normal ist? Er musste ihn bestrafen. Aber wie? Er musste ihn unter Kontrolle bringen. Ihm blieb nur eine Möglichkeit: Einen Tag mit Herr Reisinger. Wollte er ihm das wirklich antun? Nein! Aber es musste sein. So sagte er zu seinem Butler, er soll Herrn Leon zu Herrn Reisinger bringen und Ihm seinem Befehl weiterleiten. Sein Butler widersprach ihm nicht. Er wusste, er würde nichts grundlos tun. Der Junge, den man unnötigerweise zu seiner Sicherheit gefesselt hatte, brachte man weg. Schrecken und Schmerz hatte er sein ganzes Leben lang gesehen, aber mit dieser Schule sollte es aufhören.

Er würde Schmerz zuvor mit Schmerz bekämpfen.

Es klopfte erneut und die Türe öffnete sich, bevor er die Person davor hineinbitten konnte. Eine Frau zwängte sich durch den kleinen Spalt der Tür und verschloss sie wieder. „Diesmal sind zumindest sie nicht Schuld", begann sie das Gespräch. „Sie können froh sein, dass das hier passiert ist und nicht dort draußen. Können sie sich vorstellen, was passiert wäre, wenn er das dort draußen gemacht hätte?", antwortete er genauso spitz wie sie. Wie konnte nur diese Frau sich so sehr in den Vordergrund stellen und versuchen so viel zu kontrollieren. Er wusste nicht, ob es ihr um Kontrolle ging oder ob sie einfach nur so sehr habgierig war. Beides würde auf das gleiche herauslaufen. Egon hatte damit viel zu viele Erfahrungen gemacht. Zu viel. Sie würde alles verlieren. Mehr, als sie sich so erstrebt hatte. Aber Egon würde sie nicht mehr davon warnen. Man macht einen Fehler niemals zweimal, weil man entweder nach dem ersten Mal tot ist oder daraus lernt. Er würde sie kein zweites Mal ermahnen. Er lebte nach dieser Weisheit, obwohl er sie selber schon so oft gebrochen hatte. Und dennoch erwartete er von anderen sie ebenfalls zu befolgen. „Es wäre dort draußen nicht passiert" entgegnete sie nach einer kurzen Pause. Er machte Fortschritte. Ihr Ton ging nicht mehr so sehr ins aggressive über. „Was glauben sie wäre passiert, wenn er irgendeine Waffe gesehen hätte?", er ließ den Rest unausgesprochen und dachte in Gedanken weiter. Er konnte sich gut vorstellen, was passiert wäre. Der Körper wollte etwas und er würde es auch bekommen. Irgendwann hätte er eine Waffe bekommen und dann hätte das Gemetzel begonnen, nur das es diesmal keinen Lehrer gegeben hätte, welcher ihn aufgehalten hätte. Das es nicht in einem Raum stattgefunden hatte, wo alles ausgepolstert war. Wo alles geschützt worden war. Es sich wohl nicht um eine Schwert aus Holz gehandelt hätte. Er verdrängte den Rest der Vision. Sie senkte ihren Kopf. Auch sie war von dem Gedanken nicht erfreut. Er spürte, dass sie nicht nur wegen diesem einen Thema gekommen war. Etwas bedrückte sie innerlich. Er wusste nicht, um was es sich handelte. Er hatte sich vor so langer Zeit vorgenommen nicht immer alles zu erfahren. Er hatte aufgehört in der Zukunft jedes einzelnen Menschen zu wühlen. Niemals hatte er bis jetzt in ihren Gedanken gewühlt. Doch um was es sich auch handelte, sie sprach es nicht an, sondern stand nur noch kurz da und wies ihn dann an: „Sein Sie nicht so streng mit dem Jungen!", dann verließ sie den Raum.

6

Ein Erwachen im Lazarett

Es war eine schlimme Nacht. Nacht? Nein Nils hatte keine Nacht durchgeschlafen. Er erinnerte sich vage an die Ereignisse. Sie waren beim Kampfkunstunterricht gewesen. Leon hatte gewonnen, aber nicht aufgehört, sondern weitergemacht. Allein die Erinnerung tat weh. Er öffnete die Augen. *Hell!* Seine Augen gewöhnten sich an das Licht. Er hob langsam den Kopf und sah sich um. Er war im Lazarett, ein vollkommen weißer Raum. Er war nicht alleine. Neben ihm saß Egon. Nils wollte aufstehen, aber er konnte nicht. „Verzeih mir diese Maßnahme, aber du musst dich ausruhen mein Freund. Du wurdest heute Morgen sehr schlimm verwundet“, sagte Egon mitfühlend. Nils wollte etwas sagen, aber auch das konnte er nicht. Er sah, wie Egon langsam aufstand, seine Hand über

Nils's Kopf hob und dort hielt. Egons Augen leuchteten kurz bläulich auf und dann wurde alles schwarz um Nils und er versank im Reich der Träume.

Er öffnete die Augen und sah weiß. Er spürte Kraft, viel Kraft. Er setzte sich auf. Egon saß immer noch neben ihm auf dem Stuhl. Er rührte sich nicht. Als Nils aufstehen wollte, sagte Egon: „Lass dich von dem Eindruck nicht täuschen. Es ist nicht deine Kraft, sie ist nur geliehen. Sie wird vergehen. Wie lang sie hält, hängt von dir ab. Wenn du willst, kannst du hier weiter liegen bleiben, in dein Zimmer gehen oder dich dem Unterricht anschließen. Du hast Zauberkunsttheorie, da brauchst du nicht allzu viel Energie und bleibst im Stoff nicht hängen. Er entschied sich für Letzteres und machte sich auf den Weg zum Unterricht. Kurz darauf kam er an. Es war ein Klassenzimmer mit vielen Tischen. Viele seiner Klassenkameraden saßen schon an ihren Tischen. Alle bis auf Leon. Er war froh, dass Leon nicht da war. Die Lehrerin stellte sich als Frau Mistisch vor.

Leon wachte auf und versuchte sich zu erinnern. Er konnte es nicht. Alles tat ihm weh. Allein der Gedanke sich bewegen zu müssen tat weh. Was ist bloß passiert? Er wusste es nicht. Er hob den Kopf und sah, dass er an einen Metalltisch gekettet war. Er hielt an, als die Kette zu klirren begann. Was war hier bloß passiert? Er schaute sich um. War er alleine? Da sah er ihn. Es war Egon. Er kniete neben einer Person, welche auf dem

Boden in einer Blutlache lag. Oh, mein Gott! Überall um den Mann herum lagen Steine, als ob er von den Steinen erschlagen wurde. Leon sah sich weiter um und sah, dass von der linken Wand nur noch Teile übrig waren. War er das? Er widmete seinen Blick wieder der Leiche. Nein, es war keine Leiche. Egon stand über der Person gebeugt. Seine Hand war über eine seiner Wunden. Egons Augen leuchteten bläulich, wie das Schutzschild. Das Seltsamste aber war, dass die Wunden der Person heilten. Nicht schnell, aber stetig. Er würde leben. Leon hatte ihn also nicht getötet. „Er wird Leben. Dass du ihn nicht getötet hast, heißt das nicht", sagte Egons wohlbekannte Stimme aus der Ferne. Egons Augen leuchteten noch ein letztes Mal auf und der Mann begann sich zu regen. Er stand auf und sah sich um. Als sich sein Blick mit dem Leons kreuzte, schrie der Mann kurz auf und rannte aus dem Raum. Leon sah, dass Egon aufstand und zu ihm kam. Er fühlte sich schlecht. Egon sagte: „Du bist stark, aber kannst dich nicht kontrollieren." Er hob seine Hand über Leons Gesicht und das Letzte, was er sah, war, dass Egons Augen blau aufleuchteten. Danach wurde alles schwarz. Schon wieder.

7

Der erste Ausflug

Es war ein ganz normaler Tag. Wie jeden Tag wurde Leon durch das monotone Piepsen, das sofort verstummte, wach. „Sein Kleiderschrank sei mit den Klamotten gefüllt, die er brauchen würde", dachte er. Er öffnete ihn und stellte fest, dass heute nur ein eigenartiger Anzug beinhaltet war. Die blau-weiße Schuluniform war nicht drin. Programmfehler. Er zog sich an und ging in die Küche. Seltsamerweise trug jeder die gleiche Kleidung. Kurz nachdem er gefrühstückt hatte, kam auch Egon. Er trug ebenfalls etwas Seltsames. Er war vollkommen in schwarz gekleidet. Um Punkt acht Uhr sprach er laut: „Ihr wundert euch sicher, warum ihr solch seltsame Kleidung bekommen habt? Wir machen heute einen Ausflug. Ihr könnt alles bis auf einen Rucksack mit Trinken und Essen, welcher in eurem

Zimmer ist, dort zurücklassen." Dann verließ er den Raum. Leon machte sich auf den Weg in sein Zimmer. Unterwegs kam er an der Treppe in der Eingangshalle vorbei. Seit einer Woche wusste er, was dort unten war. Es war riesig. Mehrere Schwimmbäder und Turnhallen gab es dort. Sogar voll eingerichtete Simulationshallen zum Kämpfen oder Zaubern gab es. Der Himmel. Sie durften leider nur während des Unterrichts, wenn der Lehrer es erlaubte oder am Wochenende hinunter. Ein Verstoß wurde hart bestraft. Er ging weiter. In seinem Zimmer befand sich wirklich ein Rucksack. Er schnappte ihn sich und kehrte wieder zurück. Warum hatte er ihnen die Tasche nicht gleich unten gegeben? Die Eingangshalle war leer und das Tor war offen. Erst jetzt fielen ihm die riesigen Riegel auf, mit denen man die Tür verschließen konnte. Zwei Wochen lang war dieses Tor verschlossen gewesen und hatte sie von dem Rest der Welt getrennt. Niemand wusste so genau warum, aber es gingen viele Gerüchte herum. Die wohl Wahrscheinlichste unter diesen war, dass sie wegen dem, was in der Schule passiert war, nicht in die Öffentlichkeit durften. Dazu passte auch, dass es vom Palast aus nicht möglich war, sich mit dem sozialen Netzwerken zu verbinden. Er trat hinaus. Die Sonne blendete ihn. Er sah den Rest der Klasse. Sie stiegen in einen Transporter ein. Hinter ihm schloss sich das riesige Tor. Also war er der Letzte. Er stieg in den Transporter ein und die Tür schloss sich blitzartig hinter ihm. Dann hoben sie ab. Es war schlimmer als beim ersten Mal. Die Fahrt dauerte ewig. Nach Ewigkeiten kamen sie in der Wüste an! Überall war nur Sand, so weit das Auge reichte. Er trat heraus und erwartete Hitze, die aber aus blieb. Egon, der zwar als Erster einstieg, war aber irgendwie auch als Erster draußen. Sie sammelten sich um ihn herum. Über Sand zu laufen war nicht so leicht, wie man denkt. Egon sagte, sie sollen sich in einer Linie hinter ihm aufstellen. Gesagt, getan. Er trat vor, drehte sich um und fing an zu sprechen: „Ich habe euch heute hier hergebracht, um euch zu zeigen, dass all das, was ihr in der letzten Woche gelernt habt, wirklich der Wahrheit -"

Er wurde von zwei schwarzen Helikoptern unterbrochen, die dröhnend über ihnen hinwegflogen und etwa 50 Meter entfernt landeten. Mehrere ebenfalls vollkommen in schwarz gekleidete und schwer bewaffnete Männer rannten auf sie zu. Egon sah man die Überraschung an. „Keine Bewegung oder wir schießen!", rief einer der Soldaten und trat aus dem Halbkreis der Soldaten, der sich um Egon gebildet hatte, hervor. Egon lachte nur. Auf eine seltsam mächtige Weise. Seine Augen leuchteten schwarz auf. Er drehte sich um, während er ungefähr zehn Zentimeter über dem Boden schwebte. Cool. Das wollte Leon auch können. Der Sand kräuselte sich zu Ringen, dort wo er hinüberflog. Er hob beide Hände. Leon sah, dass auch seine Fingernägel schwarz leuchteten. Einer der Soldaten hielt es nicht mehr aus. Er drückte ab. Ein Magazin schoss er auf Egon ab, dem das nichts ausmachte. Er zuckte nicht mal. Die Kugeln prallten ab, so wie man das immer von den Superman-Filmen kennt. Leon bemerkte eine Bewegung. Er ging einen Schritt zur Seite und blieb stehen. Man könnte denken, er täte das, weil ein paar der Soldaten auf ihn zielten, aber das wäre falsch. Der Sand bei den zwei gelandeten Helikoptern hob sich. Von einer Sekunde auf die andere erschien eine riesige Sandfaust aus dem Sand und katapultierte *beide* Helikopter weg. Die wenigen Soldaten, die das sahen, standen wie festgefroren da. Eine zweite Hand erschien ebenso groß wie die erste und kurz darauf auch ein Kopf. Ein unbeschreiblicher Kopf. Dort, wo die Augen sein sollten, leuchtete ein schwarzes Licht. Ein lautes Brüllen sorgte für die Aufmerksamkeit der anderen Soldaten. Ein paar schossen, trafen auch, aber es fielen nur ein paar Sandkörner auf den Boden, zusätzlich zu den Millionen, die herabrieselten, als das Monster sich erhob. Noch bevor es ganz aus dem Sandboden heraustrat, schlug es mit der geballten Faust auf die Soldaten. Sie hatten keine Chance. Mehr als ein Dutzend starben sofort. Der Rest des Schauspiels wurde ihnen von einer Sandwand, die ihnen entgegenraste, erspart. Leon spürte Kraft in sich aufkommen. Das Aufblitzen seiner grau leuchtenden Augen war das Letzte, an das er sich erinnerte.

Er bekam es nicht mit, aber sein gesamter Körper wurde von einer Schicht Gestein überdeckt. Er wurde größer und seine geballten Fäuste wurden zu steinharten Brocken. Er hob seine Arme in die Höhe, weit über seinen Kopf, der nun auch von einer dicken Schicht

Gestein überwuchert war, und nur noch seine grau leuchtenden Augen zu erkennen waren. Leon, eigentlich nur der Körper von ihm, welcher den Geist vollkommen verdrängt hatte, nutze die Kraft des Gesteins und aus den Tiefen des Sandbodens tauchten riesige Steinbrocken empor und richteten sich auf das Sandmonster, dem Uploder. Unzählige Brocken mache zwar nur so groß, wie Kieselsteine, aber mach andere größer als Lieferwägen, trafen von allen Seiten den Uploder, welcher verzweifelt mit seinen Händen versuchte die Steine abzuwehren. Doch schließlich waren es auch die Steine und nicht nur die fehlende Energie, die dafür sorgte, dass das Wesen, welches größer, als manche Hochhäuser gewesen war, in sich zusammenfiel und als einen Regen aus Sandkörnern endete. Nun, wo der Grund für das Aufleuchten von Leon, vernichtet war, fehlte ihm die Kraft diesen Zustand noch länger aufrechtzuerhalten und das Gestein zog sich zurück. Stark erschöpft und ohne Bewusstsein klappte der Junge zusammen, wurde aber in der Luft noch von Egon gestützt.

8

Ein Auftrag

Er strich leicht über die kleine Statue vor ihm. Warum war das passiert? Er wurde überrascht. Es sollte ein schöner Tag für die Schüler werden. Stattdessen brach die Hölle los. Egon wollte ihnen zeigen, was man alles erreichen kann, wenn man mitmacht. Er wollte ihnen einen Uploder zeigen, wie er es nannte. Sie sahen es, aber es machte einen schrecklichen Eindruck auf sie. Erst war alles in Ordnung. Sie stiegen alle bereitwillig ein. Auch die wackelige Fahrt überstanden alle. Angekommen waren sie allesamt verdutzt. Die Wüste hatten sie nicht erwartet. Gerade als er den Uploder erwecken wollte, kamen sie. Irgendwelche Soldaten. Egon fragte sich, wie diese ihn fanden. Er hatte keine Ahnung. Die Menschen bildeten sich immer weiter. Zu weit. Die Soldaten kamen auf ihn zu. Sie dachten, sie wären auf der Siegesseite und er würde kapitulieren. Falsch. Als er leuchtete, schoss einer auf ihn. Eins sollte man wissen, einen Leuchtenden kann man auf keine Weise verletzen. Das war ja noch nicht das größte Problem. An sich wäre ein solcher Blickwinkel für die Schüler nicht schlimm. Die Tatsache, dass Leon aufleuchtete, war das Problem. Riesige Steinbrocken flogen auf seinen Uploder zu, der mit den Soldaten kurzen Prozess gemacht hatte. Etwas unglaubliches passierte. Der Uploder zerfiel durch zahlreiche Steinbrocken zu Stücke. Dann erloschen Leon Augen und er verlor das Bewusstsein. Egon brachte ihn zurück zum Palast. Niemand von ihnen wurde verletzt. Alle kamen mit einem Schrecken davon. Seinen Finger strichen über die Stirn der Statue und er löste dadurch einen Mechanismus aus und eine Tür öffnete sich.

Leon wachte auf. Er war nicht in seinem Zimmer. Wo war er? Er sah sich um. Er war in einem fensterlosen Raum. Vor ihm stand ein Schreibtisch. Er saß auf einem Stuhl und ihm gegenüber war auch einer, aber dieser war leer. Was machte er hier? Einige Zeit später öffnete sich eine Tür. Woher kam die den? Die Tür war in die Wand eingelassen und von innen aus nicht zu erkennen. Es war Egon, der eintrat. Hinter ihm schloss sich die Tür automatisch und verschmolz wieder mit der Wand. Sie war nicht mehr zu erkennen. Egon setze sich ihm gegenüber auf den Stuhl. Er wartete. Worauf? Plötzlich rief eine Stimme aus Lautsprechern in der Decke. „Fangen Sie an, ich kann sie sehen". Die Stimme kannte er doch? Er kam nicht drauf. Egon griff in seine Tasche und holte einen Stein hervor. Was wollte er denn damit? Er legte ihn in die Mitte des Tisches und wartete wieder. Als Leon nach einer langen Zeit nichts tat, begann er zu reden: „Weißt du, was du am Freitag gemacht hast?“ Leon schüttelte den Kopf. Was hatten sie am Freitag gemacht? „Wir waren in einer Wüste und wurden angegriffen. Es waren die Amerikaner. Zwei Dutzend der am besten ausgebildetsten Soldaten. Mein Uploder machte kurzen Prozess mit ihnen. Du warst das Problem“, schrie er: „Alles war in Ordnung, bis du aufleuchtetest. Weißt du, wer jetzt bei der CIA und Co auf der Most-Wanted-Liste steht? *Du!* Was soll ich jetzt machen? Hingehen und alles in die Luft jagen?“ „Ja“, antwortete Leon. Egon stand auf, stieß den Stuhl weg, der gegen die Wand knallte und eine Delle hinterließ, und verließ den Raum. Leon war allein. Schon wieder. Er sah sich den Stein an. Egon hatte ihn zurückgelassen. Warum hatte er ihm einen Stein dahingestellt? Er wollte den Stein berühren, aber dieser war nicht mehr da. Er flog mehrere Zentimeter über den Boden. Leon sah seine Finger an. Seine Fingernägel leuchteten grau. Die Tür öffnete sich wieder. Diesmal war es jemand anderes. Er stellte sich nicht vor, er sagte nur: „Jetzt bist du bereit.“ Er packte ihn und zog ihn nach draußen.

Leon kannte diesen Teil des Palastes nicht, wenn er überhaupt noch im Palast war. Er könnte überall sein. Der Mann brachte ihn in einen großen Raum. Der Raum war überall mit einer Art Schutzschicht gesichert, mit der er schon unangenehme Erfahrungen gemacht hatte. Die Wände waren schmucklos gehalten.

Die Decke ebenfalls. Nur eine Fernbedienung hing an einem gelben Kabel herunter. Der Mann gab ihm verschiedene Waffen in die Hand. Erst eine Glock 17, dann eine MP5, eine richtig schöne Waffe und auch eine seltsam aussehende Waffe. Es war die einzige Waffe, die der Mann ihm vorführte. Dazu sagte er, es sei nicht entschieden, ob Leon sie benutzen dürfe. Er drückte einen Knopf und eine Betonwand fuhr aus der Decke. Er zielte und schoss. Ein Blitzstrahl raste zur Wand. Erst sah man gar nichts, doch als der Staub sich absetzte, konnte man das fatale Ergebnis erkennen. Von der Wand waren nur noch Stücke übrig. Leon durfte es leider nicht ausprobieren. Er zeigte ihm ein paar Gegenstände, wie zum Beispiel eine Metallröhre die sich blitzschnell wie ein Regenschirm, öffnet und Schutz gegen Schusswaffen gewährt. Er zeigte ihm, wie man die Rüstung anzog und ließ ihn dann auch alles, bis auf die Strahlenkanone ausprobieren. Dann brachte er ihn zu einer Umkleidekabine. Leon duschte sich und zog seine Rüstung an, wie er es gelernt hatte. Die Waffen befestigte er auch an seiner Rüstung. Zwei Glock 17 mit sechs Magazinen und ein MP5 mit zehn Magazinen und die Strahlenkanone, seine neue Lieblingswaffe. Viel Zusatz war ebenfalls vorhanden. Er trat wieder aus der Umkleidekabine heraus und betrat den Raum, in dem der Mann ihm zum *„Training"* geführt hatte. Der Anblick ließ ihn zu Stein erstarren. Der Raum hatte sich verändert. In der Mitte war so etwas wie ein Kreis abgebildet. Sein Trainer führte ihn in die Mitte des Kreises und trat heraus. Der Mann warf ihm einen Helm zu, den Leon problemlos fing. Der Kreis wackelte und schoss nach oben. Fast wäre er von den Beinen geflogen, aber er konnte sich halten. Er kam einen Stock weiter oben an.

Er fand sich in einem riesigen Raum vollgestopft mit unzähligen Transportern wieder. Während er sich umsah, merkte er, dass sein Trainer ihm zu einen schwarzem Helikopter winkte, welchen er zuvor noch gar nicht bemerkt hatte. Durch das Gewicht der Rüstung und der zahlreichen Waffen verlangsamt rannte er zum Helikopter, um dort schwer atmend anzukommen. Sein Trainer, er hatte nicht mal seinen Namen erfahren, schob ihn auf einen Sitzplatz und schnallte ihn fest, was Leon nur recht war. Ein weiterer Mann rannte auf sie zu und setzte sich vorne an die Steuerung. Eine Minute später hob der Helikopter ab und verließ den Raum durch eine Öffnung an der Decke. Kurz, nachdem seine Augen sich an das Licht draußen gewohnt hatten, konnte Leon den Palast wenige hundert Meter entfernt von der Öffnung, aus der sie gekommen waren, erkennen. Der Helikopter drehte ab und Leon spürte, das auf ihn eine lange Fahrt wartete, und schloss die Augen.

„Hey!", wurde er von seinem Trainer aufgeweckt: „Wir sind da". Noch schlaftrunken stand Leon auf, doch als ihm klar wurde, das er sich in einem fliegenden Helikopter befand, wurde er vollkommen wach. „In 30 Sekunden sind wir da", wies ihn der Trainer an: „Du springst und stürmst das Gebäude, gehst nach ganz oben in die Büros und infiltrierst das Virus, dann bist du fertig.

Wir kommen zurück und holen dich ab". Ohne eine Vorwarnung schubste er ihn durch die offene Tür und Leon landete wenige Meter weiter unten unsanft mit einer Rolle auf dem Boden.

Er war in einem Park. Kinder rannten um ihn herum. Die Eltern saßen auf Bänken und taten so, als ob sie sich für ihre Kinder interessierten. Hinter ihm war ein Brunnen. Er erinnerte ihn an die Brunnen in der Eingangshalle. Jedoch war dieser anders. Er ging weiter. Vor ihm tauchte eine Treppe auf. Dahinter eine Tür. Dazwischen ein Schild mit der Beschriftung:

Central Intelligence Agency
– CIA –

Zwei Agenten kamen ihm entgegen. Noch bevor sie ihre Waffen ziehen konnten, wenn sie das überhaupt wollten, schnappte er sich seine MP5 und drückte dreimal ab. Einmal daneben und zwei Treffer. *Gut. Das ging aber besser.* Die Agenten stürzten leblos zu Boden. Er ging weiter zum Eingang. In der Eingangshalle kamen ihm drei Agenten entgegen. Einer auf zwei Uhr und die anderen auf zwölf. Seine Glock machte kurzen Prozess mit den Einzelnen. Den Rest erledigte die ihm beliebte Strahlenkanone. Zumindest sollte sie das. Der eine Soldat wurde in Stücke gerissen. Der andere wich schnell aus, sodass ein gewöhnliches Auge es nicht sehen hätte können. Leon hatte aber keine *gewöhnlichen* Augen. Der Agent war auch so wie er. Die Augen des

Agenten leuchteten rot auf, er begann zu brennen und sprang auf ihn drauf. Zumindest wollte er das. Leon benutzte seinen „Regenschirm". Der Agent knallte dagegen und fiel auf den Boden. Leon holte seine Glock und schoss ihn ein paar Mal ins Herz. Ein Schuss sollte reichen. Er ging trotzdem auf Nummer sicher. Jedoch brachte das nichts. Blitzschnell noch bevor die Kugeln ihn trafen, drehte sich der Agent zu Seite und schleuderte ihn nebenbei auch auf den Boden. Gleichzeitig standen sie dann. Leon holte einen kleinen Stab heraus, aus dessen Spitze auf Knopfdruck eine Klinge herausschoss. Leon wartete auf ihn. Jedoch griff der Agent nicht aus der Nähe an, sondern feuerte Flammenkugeln auf ihn ab, welche aber keine große Bedrohung waren, was er auch bald einsah. Dann ging der Agent auch schon langsam auf ihn zu und wurde plötzlich ganz schnell und begann Räder zu schlagen. Leon schlug mit seiner Waffe zu, jedoch schien dieser genau das erwartet zu haben. Er traf die leere Luft und wurde irgendwie von hinten getroffen und landete wieder auf dem Boden. Dann wurde es wärmer. Irgendwie hörte es plötzlich auf. Langsam erhob er sich und sah sich um. Die Wand auf seiner einer Seite war zerstört, vom Bändiger nichts zu sehen. Leon musste in den höchsten Stock, das wusste er irgendwie. Er ging zum Aufzug. Der Aufzug war ausgeschaltet und im Keller. Leon riss die Türen weg und begann hochzuschweben. Seit wann konnte er das denn? Im obersten Stockwerk angekommen, verließ er den Aufzug auf die gleiche Art und Weise. Fünf Agenten erwarteten ihn. Das wurden ja immer mehr. Zwei wurden von der Tür erwischt. Die Restlichen erledigte er mit der MP5. Er wurde auch getroffen. Es tat richtig weh. Er drehte sich um und sah, dass ein weiterer Agent gekommen war und auf ihn geschossen hatte. Leon schoss ihn in Stücke. Gerechtigkeit! Dann ging er weiter. Eine Betonwand schloss sich vor ihm und versperrte den Weg. Er benutzte die Strahlenkanone und der Weg war wieder frei. Er kam in ein Büro. Auf einem Stuhl saß ein älterer Mann. Er erinnerte ihn an diese Regierungschefs in diesen Kriminalfilmen. Er war bewaffnet, schoss aber nicht. Leon schon. Feigling! Er ging zu seinem Schreibtisch und steckte einen USB-Stick in den Computer. Dieser kopierte alle Dateien.

Der Rückweg war deutlich einfacher. Leon schlenderte den Weg, den er gegangen war, zurück, sprang den Aufzugschacht hinunter und merkte, dass weitere Agenten gekommen waren. Noch bevor die Männer und Frauen reagieren konnten, hatte er schon beide Glock in der Hand und schoss. Nach dieser kurzen Unterbrechung und den Spaziergang durch den nun verlassenen Park kletterte er mithilfe seines Trainers auf den Heli und die Rückfahrt begann. Als das Adrenalin nachließ, kam die Erschöpfung und Leon machte es sich bequem auf dem Sitz.

Er wachte in seinem Zimmer auf. Leon hatte einen schönen Traum gehabt. War das wirklich ein Traum? Er sprang aus seinem Bett und rannte zu Egons Büro.

Egon lachte, als er eintrat, und erzählte ihm, er hätte wirklich die CIA angegriffen. Allein bei dem Gedanken daran kam bei Leon das Gefühl der Unbesiegbarkeit und das Adrenalin auf und er wünschte sich, so was nochmals machen zu können. Die Freude hielt, bis er in den Gemeinschaftsraum kam, wo ein Nachrichtenkanal lief: Ein Sprecher verkündete, dass der Angriff auf die IS-Terroristen zurückging und das ein großer Gegenangriff bald sei. Leon lachte sich fast zu Tode, bis er die Anzahl der Toten hörte. Dann verging ihm das Lachen. Er erinnerte sich an die Tatsache, dass Egon ihm sagte, er solle zum Unterricht zurückkehren. So machte er sich auf den Weg. Und sein langweiliger Alltag begann von Neuem. Er hatte Geschichte.

9

Der Beginn der Zeit

Ich war gespannt auf diesen Tag. Ich hatte meinen zwölf Vertretern aufgetragen mir eine Überraschung vorzubereiten. Heute war der Tag gekommen. Ich erwartete etwas Gutes und betrat aufgeregt den großen Raum. Meine Vertreter, alle in schwarze Umhänge gehüllt, saßen in einem Halbkreis um einen großen, goldenen Thron herum, um meinen Thron. Ich setzte mich hin. „So mögen wir beginnen", sagte ich laut. Einer meiner gesichtslosen Diener stand auf. Es trug einen weißen Kristall in der Hand. Einen Meter vor meinem Thron blieb es stehen. Seine Augen leuchteten gelb auf. Es war das Licht. Sie allesamt hatten verschiedene Kräfte. Mir allein blieb die Zeit. Zukunft, Gegenwart und Vergangenheit. Es gab keine Grenze und keine Zeit. Leben konnte ohne meinen Willen nicht existieren. Heute sollten meine treuen Diener mir ein Leben zeigen. Es zeigte mir viele Tiere, die in einem pflanzenreichen Ort leben, der

Nächste, das Wasser, Tiere, die im Wasser leben. So ging es weiter, bis zuletzt die Kälte an die Reihe kam. Es hatte eine scheinbar brillante Idee. Ein aufrecht gehendes Wesen mit vielen nützlichen Eigenschaften, aber auch Einschränkungen. Ich war überzeugt. Einwandlos machte ich das, was nötig war und schuf eine Zeit. Den Rest überließ ich meinen Freunden. Ein Fehler. Ich fühlte mich in meinem Palast auf einem hohen Berg sicher vor jeder Bedrohung. Auch ein Fehler. So vergingen viele Jahre. Der sogenannte Mensch entwickelte sich rasant. Es wurden immer mehr. Ich erschuf immer mehr Raubtiere, um die menschliche Population einzudämmen. Zwecklos. Der Mensch meisterte alle Bedrohung problemlos. Ich begann mir Sorgen zu machen. Meine Festung gab mir Sicherheit.

Es war eines kalten Winters, als ein riesiges Heer von Menschen vor den Toren meiner Festung stand. Mit riesigen Baumstämmen rammten sie mein Tor, bis sie es durchbrachen. Ich kam ihnen mit meinem Schwert bewaffnet entgegen. Sie zogen ihre Waffen und rannten mir entgegen, um mich anzugreifen. Allein mehrere Meter von mir entfernt starben die ersten Dutzend. Nicht alle stürmten auf mich. Manche nutzten eine mir bekannte Energie und griffen mich mit ihren Talenten an. Sie waren schwach, aber allein ihre Masse war eine Bedrohung. Ich ließ meinen Kräften freien Lauf. Meine Augen leuchteten schwarz auf und die Welt verschwand vor mir. Von dem so mächtigen Heer war in wenigen Sekunden nichts mehr übrig. Die Menschen, oder was sie auch waren, zerfielen zu Staub, von der Übermacht der Zeit geschlagen. Dann fiel ich zu Boden.

Alles war stumm um mich herum. Kein einziges Geräusch war zu hören. Unter Schmerzen stand ich auf und sah mich um. Ich sah mir das fatale Ergebnis an. Überall Tod. Ich drehte mich weg und ging hinein in den Palast. Ich war geschwächt, aber das, was ich jetzt tun würde, konnte nicht warten. Ich kam zu dem großen Raum, wo alles seinen Anfang hatte, zurück, um alles wieder zu beenden. Meine Diener saßen wie gewohnt unbeweglich auf ihren Plätzen. Einem nach dem anderen nahm ich die Kristalle, die ich ihnen bei meiner Ankunft gab und durch die sie leben konnten, wieder weg. Allen, bis auf einem. Die Kälte fehlte. Ich wusste nicht wie, aber es war nicht da. So verließ ich meine Burg, um dem ein Ende zu bringen auf der Suche nach dem letzten Kristall.

Teil 2

10

Ein seltsamer Schulbeginn

Mitte September 2016 Deutschland

Der Wecker begann leise zu klingeln und weckte Larissa aus dem Schlaf. Larissa drehte sich zur Seite. Sie wollte nicht aufstehen. Der Wecker wurde lauter. Es war aussichtslos. Es hieß sie gegen den Wecker und dieser würde auch gewinnen, so wie es jeden Tag sein wird. Erneut wurde der Wecker ein bisschen lauter. Larissa stand auf und machte sich auf den Weg zum Bad. Es war der erste Schultag. Wenige Minuten später kam sie wieder zurück in ihr Zimmer und blieb vor ihrem Schreibtisch stehen. Was würde sie heute alles brauchen? Sie hatte keine Ahnung. Bisher hatte man nicht viel von ihnen erwartet, doch das würde sich vielleicht dieses Jahr ändern. Sie riss einen Bündel Blätter aus ihrem Block heraus und stopfte sie in ihre Tasche. Sie hielt an. Warum nahm sie nicht gleich den ganzen Block mit? Vielleicht morgen. Larissa kramte noch einen Kugelschreiber heraus und steckte diesen ebenfalls in ihre Tasche, um danach in die Küche zu gehen und ihr Essen vorzubereiten. Sie setzte sich dabei auf den Stuhl, welcher immer neben dem Kühlschrank stand. Kurz darauf schloss sich dann die Haustür ab und machte sich auf den kurzen Gehweg zur Schule. Larissa war ein Einzelkind. Sie hatte ihre Mutter nie kennengelernt. Ihren Vater, einen Salzbergwerkarbeiter, schon. Jedoch nicht viel. Sie war immer auf sich allein gestellt gewesen. Ihr Vater arbeitete nur in Nachtschichten und schlief den gesamten Tag über aus. Kurz nach Sonnenuntergang verließ er das Haus und machte sich auf den Weg zur Arbeit. Früh morgens noch weit vor Sonnenaufgang kam er nach Hause und schlief schon, wenn Larissa ausstand. Sie hatte sich bisher noch nie getraut ihn zu wecken. Früher hatte sie sich verabschiedet, aber dies war nun schon Jahre her. Manchmal schaffte sie es und es entstand eine Unterhaltung zwischen ihnen und manchmal sprach sie dann auch ihre Mutter an. Ihr Vater hatte ihr immer eine andere Geschichte erzählt. Mal war ihre Mutter bei der Geburt gestorben, mal war sie abgehauen. Niemals hatte sich eine dieser Geschichten wiederholt. Irgendwann hatte sie dann aufgehört ihn zu fragen. Auch sonst fielen Unterhaltungen recht kurz aus. Es fehlte beiden an der Zeit. Ihr Vater lebte in der Nacht und schlief, wenn Larissa auf war. Larissa war mittlerweile viel zu sehr mit ihrer Schule beschäftigt, um sich um ihn zu kümmern. In der Ferne konnte sie schon das riesige Schulgebäude sehen. Wenige Schritte über den Kreisverkehr direkt vor der Schule und schon war sie auf dem Schulgelände. Sie bahnte sich den Weg durch die Menge an Schülern, bis sie vor ihrem Klassenzimmer stand. Vor ihr stand offen die Klassenzimmertür und sie trat ein. Es war kurz nach acht und sie hatte noch ein paar Minuten um sich auf den neuesten Stand zu setzen. Sie setzte sich neben ihre beste Freundin Caro und fragte sie, was alles in ihren Ferien passiert war. In Gedanken überdachte sie schon ihre eigene Antwort. Caro redete immer gern und viel, zwar nicht schnell und nervend, aber trotzdem erdrückend viel. Sie erzählte viel, davon ging auch viel verloren, weil viele einfach nicht ganz zuhörten. Caro beendete ihre Geschichte und es herrschte Stille. Wie gewöhnlich hatte Caro nicht Larissa gefragt, wie es bei ihr war. Larissa war dies gewöhnt und antwortete, ohne gefragt zu werden: „Sei froh irgendwas getan zu haben. Ich war die ganze Zeit über zu Hause" „Wie schrecklich", kam sogleich die Antwort von Caro. Caro hatte es leicht. Sie hatte beide Eltern, hatte ältere Geschwister und ihre Eltern arbeiteten nicht jede Nacht. „Bitte um Ruhe" kam ihnen eine hohe Stimme dazwischen. Es war die der Lehrerin. „Ich bin eure Klassenleitung Frau Maier und eure Mathelehrerin. Eure Stellvertretung lässt sich entschuldigen. Sie ist zur Zeit in einer anderen Klasse. Manche von euch kenn ich schon, aber ich muss noch einiges an Namen lernen. Bildet dafür bitte einen kleinen Stuhlkreis", stellte sie sich ihnen vor und stellte sogleich auch eine Forderung. Laut schallten die

Geräusche der Tische durch das Zimmer und waren ebenso in den Zimmern nebenan zu hören, das wusste Larissa aus Erfahrung. Der Umbau dauerte wenige Minuten und schon hatten sie alle Tische an den Seiten aufgestellt und einen Stuhlkreis gebildet. Die Lehrerin nahm ihren eigenen Stuhl, welcher sich nicht von den ihren unterschied und fügte sich dem Kreis hinzu. Sie begann: „Ich heiße Frau Meier und bin immer motiviert. Der nächste bitte" Ein Stöhnen ging durch das Klassenzimmer. Dieses Spiel war zumindest bei ihnen nicht sehr beliebt. Die Lehrerin holte einen kleinen Ball und warf ihn der Caro zu, welche ihn zufällig fing. Caro setzte an: „Sie sind die Frau Maier und sind immer motiviert. Ich bin die Caro und bin ... bin ... clever. Ich bin die Caro und bin clever" Sie gab den Ball weiter zu, was für ein Wunder, Larissa. „Sie sind die Frau Maier und sind immer motiviert. Du bist die Caro und clever. Ich bin die Larissa und bin lusti-" Larissa wurde durch einen lauten Klang unterbrochen. Aus dem Nachbarraum drang überlaut die Zahl „30" zu ihnen drüber und es wurde ebenso laut hinunter gezählt. Frau Maier stand auf und ging zur Tür, welche in den Nebenraum führte, drückte die Türklinke hinunter und drückte die Tür auf und knallte gegen massive Tür. Ein leises Lachen ging durch die Klasse, verstummte aber beim Aufblicken der Lehrerin. In der ersten Stunde war die Klasse noch recht leise. Frau Maier holte ihren Schlüssel heraus und öffnete die Tür. Lauter als die anderen Zahlen hallte die „10" zu ihnen hinüber. Die Lehrerin öffnete die Tür und trat in den kleinen Nebenraum ein und wollte die Tür zum anderen Klassenzimmer öffnen, aber auch diese war zugesperrt. Während sie ihren Schlüssel wieder aus ihrer Hosentasche heraussuchte, war der Zähler bei 1 angekommen und verstummte danach. Es herrschte Stille. Bis plötzlich das Zerbrechen von Glas die Stille unterbrach. Etwas Weißes landete in der Mitte des Kreises und riss einen Teil der Schüler von den Stühlen und ließ sie auf den Boden fallen. Etwas Weiteres landete auf den Boden. Diesmal war es vollkommen schwarz. Es stürzte sich auf die ersten Klassenkameraden. Larissa saß dort und war nicht in der Lage sich zu rühren. Die beiden Wesen erinnerten sie an Wölfe nur waren diese dafür viel zu groß und die Tatsache, dass sie mitten in einem Dorf wohnten, wo normalerweise keine Wölfe gesichtet wurden und sich im ersten Stock der Schule mitten im Kern des Ortes befanden sprachen dagegen. Aber um was handelte es sich dann? Larissa war so bezaubert von dem weißen Wolf in der Mitte, sodass sie die beiden anderen schwarzen Wölfe nicht bemerkte, welche mit ihren dolchartigen Nägeln und Zähnen sich an ihre Klassenkameraden machten. Sie saß dort und bewegte sich nicht. Ihr Freunde, welche sie seit Jahren kannte, gingen unter den Krallen zugrunde und der Boden wurde von Blut durchtränkt. Ein dritter schwarzer Wolf landete auf den Klassenzimmerboden und beteiligte sich am Festmahl. Larissa saß ganz an der Wand, direkt neben ihr war Caro und wenige Meter daneben die Tür. Sie müsste nur aufstehen und die wenigen Schritte zur Tür eilen und konnte entkommen. Aber sie war überwältigt von den roten Augen des weißen Wolfes und konnte sich nicht bewegen. Caro, ihre beste Freundin zog sie an ihrem Arm in Richtung Tür und als Larissa sich nicht rührte, ließ sie diesen los und versuchte zu entkommen, aber es bleib dabei, dass sie unter den Klauen des Wolfes endete. Ihr kreischen ging durch Mark und Bein. Larissa kam zu sich und konnte sich von den Augen abwenden. Sie war alleine mit den vier Wölfen und alle vier schauten sie an. Larissa erwartete, dass einer von ihnen sich auf sie stürzen würde, um auch sie zu zerstückeln. Der weiße Wolf trat vor und blieb direkt vor ihrem Gesicht stehen und roch an ihr. Dann erklang ein tiefes dunkles Knurren.

11

Die erste Begegnung

Das weiße Gesicht kam immer näher auf sie zu und blieb direkt davor stehen. Dann erklang ein tiefes dunkles Knurren. Speichel tropfte dem Wolf aus dem Maul. Es knurrte erneut. Der kleinste der anderen Wölfe kam ebenfalls auf sie zu. Die Klaue des weißen Wolfes schlug sich um dessen Hals und trennte ihn vom Rumpf ab und legte diesen auf den Schoß von Larissa, welche immer noch saß. Blut lief aus dem Hals heraus und durchtränkte ihre Klamotten. Mehr Blut lief aus dem Rumpf des Toten heraus. Unklar, ob es das Blut des Wolfes war oder das seiner Beute. Der weiße Wolf knurrte erneut, doch dann entfernte er sich langsam. Larissa schob eilig den Kopf von ihrer Hose, welcher mit einem Platsch auf dem blutigen Boden landete. Der weiße Wolf streckte seinen Kopf in die Höhe und heulte laut. Die beiden anderen schwarzen Wölfe heulten ebenfalls laut. Als der Ton abbrach, drehte der weiße Wolf seinen Hals in Richtung des Nebenraums und durchbrach kurz darauf die Wand. Endlich stand Larissa auf und rannte aus der Schule heraus, um dann von einer großen Menge von Polizisten aufgegriffen zu werden. Ein Polizeibeamter hielt sie an ihren beiden Händen fest und zog sie in einen Wagen. Die Tür öffnete sich und sie konnte einen Blick hinein in den Wagen werfen. Der Wagen war vollgestopft von Schülern. Der Beamte band ihre beiden Hände zusammen und brachte sie zu einem der Sitze. Dann ging er wieder und schloss die Tür hinter sich und es wurde dunkel.

Larissa hörte Stimmen um sich herum. „Wo sind wir?" wurde gemunkelt. Aus ihrer rechten Seite fragte jemand, was passiert war. Larissa wusste keine Antwort und verhielt sich still. Es kam keine Antwort. Larissa wusste nicht, wie viel Zeit vergangen war. Sie saß in einem dunklen Raum und hatte keine Möglichkeit zu erkennen wie viel Zeit vergangen war. Anfangs hatte sie versucht die Sekunden mitzuzählen, jedoch war sie daran gescheitert. Irgendwann hörte sie ein leises Geräusch, was immer lauter wurde. Es wurde wieder unruhiger im Wagen, welcher eher ein Bus war. Irgendwas knallte gegen den Wagen und schleuderte Larissa auf den Boden. Sie blieb liegen. Es wurde laut geschrien, aber Larissa lag still auf dem Boden. Irgendetwas fuhr langsam an ihnen vorbei und kratzte laut an der Wand. Draußen wurde geschrien. Mehrere Schüsse ertönten. Eine Tür öffnete sich und mehrere Personen unterhielten sich und dann wurde der Motor gestartet und der Wagen begann loszufahren.

Larissa lag still auf dem Boden.

Larissa wurde die Kapuze vom Gesicht gerissen und sie konnte endlich wieder sehen. Aber bewegen konnte sie sich immer noch nicht. Sie war gefesselt und die Fesseln hatten ihre Haut aufgerieben. An Händen sowie an ihren beiden Beinen war sie an einen Metallstuhl gekettet. Sie kämpfte gegen die Fesseln an, wurde aber von Schmerzen daran gehindert. Warum war sie gefesselt? Warum war sie überhaupt hier? Sie unterdrückte einen Schmerzensschrei nur, um dies der Person vor ihr nicht zu vergönnen. Sie war in einem fensterlosen Raum. Vor ihr stand ein Metalltisch und auf der gegenüberliegenden Seite saß ein Mann in einem schwarzen Anzug und Brille. Seine Augen, leicht verkrümmt durch seine Brille, waren auf sie gerichtet. Nebenbei tippte er mit seinen Fingern auf den Tisch. Erneut zerrte Larissa an ihren Fesseln nur diesmal an ihren Beinfesseln, aber ein Ergebnis blieb aus. Erneut unterdrückte sie einen Schmerzensschrei. Der Mann vor ihr kramte einen Ordner aus seiner Tasche unter dem Tisch hervor, welche Larissa zuvor noch nicht bemerkt hatte und holte mehrere Blätter daraus heraus, welche er vor ihr ausbreitete. Larissa beugte sich vor und sah sich die Bilder an. Sie waren zumeist verschwommen, aber Larissa konnte zumindest bei zwei etwas erkennen. Das erste Bild zeigte einfach ein Feuer. Zumindest konnte Larissa nicht mehr deuten. Aber das zweite Bild erzählte ihr mehr. Sie war auf dem Bild drauf. Das Gesicht nicht zu erkennen, aber der Rest schon. Larissa erkannte ihre Bluse, sowie sie auch ihre Jeans erkannte, nur waren auf dem Bild ihr Klamotten mit Blut durchtränkt. Larissas Blick entfernte sich vom Bild, um sich ihre eigenen Klamotten anzuschauen. Wie auf dem Bild waren sie mit Blut getränkt. Aber wie kam es dazu? Sie konnte sich nicht erinnern. Sie schaute sich wieder das Bild an und sah im Hintergrund ihre Schule. Was hatte es damit auf? Aber das war nicht das einzigte. Um sie herum standen viele Polizisten. Hatte sie irgendwas getan? Aber was hatte das mit der Schule zu tun? Was war geschehen? Der Mann nahm ihr das Bild wieder weg und streckte seinen Daumen nach oben. Es herrschte kurz Stille. Aber auch sonst war es ganz leise gewesen. Larissa war nur in ihren Gedanken vertieft gewesen. Sie hatte nichts gesagt, aber auch der Mann vor ihr nicht. Wenige Sekunden passierte nichts, doch dann fuhr ein kleiner Bildschirm aus der Decke und ging an. Eine kleine Aufnahme wurde ihr gezeigt. Larissa stockte der Atem. „Nein", mehr konnte sie nicht sagen. Sie konnte keine Wörter formen, ihr Mund sie nicht aussprechen. Der Bildschirm wurde schwarz und fuhr wieder in die Decke hinein. „Warum hast du das gemacht?" , fragte der Mann. „Wie ... ich hab doch nicht... Sie glaube doch nicht", Larissa gelangen immer noch keine ganzen Sätze. Zu verwickelt war sie in ihre Gedanken. „Wir wissen nicht, was genau passiert ist, aber es hat irgendetwas mit dir zu tun", antwortete er. „Ich kann mich nicht erinnern", Larissa senkte ihren Kopf. „Dem werden wir schon auf die Sprünge helfen. Wir werden herausfinden, was passiert ist", entgegnete der Mann und stand auf. Irgendetwas traf Larissa am Kopf und es wurde wieder schwarz um sie.

„Sind sie bereit?", fragte sie ihn. „Ich brauch nur noch einen Moment", antwortete er. „Was machen sie den dort überhaupt?", erst jetzt bemerkte er, dass sie direkt hinter ihm stand und ihn sah. Er hielt ein kleines ... ein kleines ... es war zwar kein Bild, aber man konnte es Bild nennen. Es war ein ... Bild vom Wasser, was er in der Hand hielt. Auf dem ersten Blick zumindest. Aber auf einen genaueren Blick war es das Wasser. Sie jedoch musste nicht alles wissen. „Nichts", antwortete er und packte das Bild in seine Tasche und seine Hand schloss sich um sein Schwert. „Wir können los!", merkte er an. Sie nickte nur und sie beide machten sich auf den Weg zum Hangar, wo auch schon ihr Flugzeug bereitstand. Dann begannen auch schon die Rotoren sich zu drehen und das Flugzeug beschleunigte und wenige Minuten später waren sie in der Luft und erneut später leuchtete ein kleines Licht auf. Sie öffnete einen Luke und sofort zerrte die Luft an ihm. Er sprang und sie hinterher. Er beobachtete die Erde unter ihm. Wie schön sie von hier aussah. Wie friedlich sie von hier aussah. Unten konnte er auch schon sein Ziel erspähen. Er musste nur noch seinen Fallschirm aufziehen und würde dort ankommen. „Hören sie mich überhaupt?", wurde er durch die Kopfhörer angeschrienen. „Ja", antwortete er knapp. „Dann öffnen sie gefälligst ihren Fallschirm. Oder muss ich unten die ganze Arbeit allein machen" Die ganze Arbeit. Er lächelte, zog dann aber auch an dem Riemen, welcher den Fallschirm aktivierte. Er musste nur das Mädchen hohlen. Und sie die Informationen.

Sie öffnete erschöpft die Augen. Hatte ihr Wecker nicht geklingelt. Sie taste an ihre Seite um nach diesen zu suchen, aber sie konnte sich nicht bewegen. Larissa versuchte sich aufzurichten, aber auch dies war nicht möglich. Letztendlich hob sie den Kopf und konnte sehen, dass sie an eine Art Liege gefesselt war. „Es freut mich, das du wach bist", sprach eine ihr unbekannte Person aus dem Hintergrund. Jemand trat in ihren Sichtradius. Die Person hatte eine schwarze Maske auf, welche sein Gesicht vollständig unkenntlich machte und hielt einen Larissa unbekannten Gegenstand in der Hand. Er näherte sich damit Larissas Füßen, welche, wie sie nun bemerkte, nicht mehr in ihre Schuhe gehüllt waren. Ebenso fehlten ihre Socken. Die Person setzt den Gegenstand an ihren Zehennagel, welcher laut einrastete, dann zog er daran. Ein Schrei entklang aus dem tiefsten ihrer Lunge und bahnte sich durch den Raum. Laut genug um sich die Aufmerksamkeit von allen auf sie zu lenken. Durchzogen mit Schmerz. Der Schrei klang ab und wurde zu einem Wimmern. Deutlich leiser als der Schrei davor. „Warum habt ihr das gemacht?", fragte die Stimme. „Was ist den passiert? Ich kann mich nicht erinnern", antwortete Larissa. Der maskierte Mann näherte sich wieder ihrem Fuß, aber blieb dann doch wieder stehen. „Mit wem hast du zusammengearbeitet", fragte die Stimme. „Ich weiß nicht, was passiert ist", konnte Larissa nur antworten. Sie konnte sich nicht erinnern. Sie wusste nicht was passiert war. Der maskierte Mann kam wieder auf sie zu. Larissa zog mit allen Kraft an ihren Fesseln. Ein Ruck ging durch die Fesseln und sie rissen. Larissa war frei. Der Mann kam immer näher auf sie zu und wollte das Ding in seiner Hand an den nächsten Zehnagel setzten, als sie sich aufrichtete und ihn packte. Dann leuchteten ihre Augen schwarz auf und die Pupille wurde schmaler. Sie konnte sich nicht mehr kontrollieren.

12

Ein Erwachen

Larissa war wieder in einem anderen Raum. Zumindest war sie dieses Mal nicht gefesselt, was ein großer Fortschritt war. Ebenso waren diesmal keine Menschen im Raum, welche ihr Schmerzen zufügen wollten. In dem Raum, worin sie sich befand, war sie ganz alleine. Sie tastete an den grauen Wänden nach einem Halt, um sich aufzurichten, schaffte es dann aber nicht. Sie befand sich in einem vollkommen leeren Zimmer. Larissa unternahm einen zweiten Versuch sich aufzurichten und diesmal gelang es ihr auch. Die ersten Schritte waren ihren tauben Füßen noch eine große Hürde, aber sie gewöhnten sich recht schnell daran und sie konnte den Raum erkunden. Jedoch gab es nichts zu erkunden. Der gesamte Raum war grau gestrichen und ansonsten gab es kein Mobiliar. Nicht mal Fenster geschweige den eine Tür. Aber wie war sie denn ansonsten hier hineingekommen? Es musste eine Tür geben, ansonsten hätte man sie gar nicht hier hineinbringen können. Aber wo war dieses bloß. Larissa taste sich die Wand entlang konnte aber keine Tür feststellen und ließ sich danach einfach auf den Boden fallen. Es war hoffnungslos. Sie war hier eingesperrt. Alleine. Orientierungslos. Ohne Essen und Trinken. Aber was war deren Plan? Was wollten die von ihr? Larissa konnte sich nicht erinnern. Sie wusste nicht, was passiert war. Sie erinnerte sich an Schreie und Blut. Mehr war da nicht. Sie sah Bilder. Bilder von ihrer Schule, jedoch unscharf. Zu unscharf um etwas zu erkennen. Nicht möglich etwas daraus zu verstehen oder irgendwie zu begreifen, was passiert war. Larissa schreckte hoch, als eine Tür sich öffnete und zwei Männer und eine Frau in den Raum hineinkamen. Larissa wich langsam zurück, bis sie mit ihrem Rücken an der Wand anstieß und nicht weiter weichen konnte. Der eine der Männer, welcher den Raum als Erster betreten hatte und auch der älteste von allen drei war, begann auf sie reinzureden: „Meine Dame, sie müssen keine Angst haben. Ich beiße nicht", jedoch schien er auch zu bemerken, dass er genau das Gegenteil verursachte. Er hustete einmal und stützte sich auf seinen Gehstock, welcher auf einen kleinen Totenkopf endete. Larissa war gefangen. Sie konnte nicht weiter weg, jedoch wollte sie so weit wie nur möglich hier weg. Sie wollte irgendwo anders hin. Irgendwo, aber nicht hier. Aber ihr Wunsch würde sich nicht erfüllen. Sie war nicht irgendwo, nein sie war hier und vor ihr stand der Mann, welcher ihr Angst einjagte. Der zweite jüngere Mann stützte den Älteren, bis dessen Husten verklungen war. „Meister soll ich sprechen?", fragte er ihn leise. „Nein, das mach ich selber", antwortete der alte Mann und stieß den jungen Mann förmlich zur Seite um noch einen Schritt auf Larissa zu zu gehen. Er hob seinen Stab höher und richtete ihn an Larissas Hals und drehte an dem Griff. Eine kleine Klinge glitt aus dem silbernen Metall des Stocks und reizte Larissas Haut. „Wir wissen, was passiert ist. Wir wissen, wer es war und du weißt es auch. Warum habt ihr das gemacht?", schrie er sie an. „Ich weiß nichts. Ich kann mich nicht erinnern", winselte Larissa und wich noch weiter von der Klinge weg. Diesmal kam die Frau zu dem Mann und flüstere ihm ins Ohr: „Es kann sein, das sie das Gedächtnis verloren hat", jedoch zu leise, als das Larissa es hören könnte. Der alte Mann entfernte die Klinge von ihrem Hals, drehte sich weg und entfernte sich von ihr. Die Tür öffnete sich vor ihm und er drehte sich noch einmal um und rief dem jüngeren Mann zu: „Jan, kümmere dich um die Dame". Dann verließ er den Raum. Die Frau verließ den Raum ebenfalls und Larissa war alleine mit dem jungen Mann, dieser kam auf sie zu. Larissa aber hatte keine Angst. Irgendwie konnte sie ihm vertrauen. Erklären konnte sie das nicht. Erklären konnte sie nichts, aber es kam ihr so vor, als hätten sie irgendwie eine Verbindung miteinander. Eine Verbindung, von der sie nichts wusste. Der junge Mann namens Jan setzte sich neben ihr auf den Boden und blieb still. Was wollte er von ihr? Larissa wusste es nicht. Es verging viel Zeit, aber irgendwann fragte Larissa ihn: „Wo sind wir?". „Endlich fragst du. Wir sind im Schatten". „Wie im Schatten?", Larissa stand auf und entfernte sich von ihm. Sie konnten nicht im

Schatten sein. So was gab es nicht. Der Schatten war eben der Schatten. Der Schatten war kein Ort. Es war das Nichtsein von Licht, kein Ort. Jan kam auf sie zu, blieb jedoch vor ihr stehen. „Ich werde es dir beweisen", sagte er und zeigte auf die eine Wand, von der sich die Wände spalteten und sie, wie durch ein Fenster hinaus schauen konnte. Nein, es konnte nicht sein. Außerhalb des Fensters war es dunkel. Kein Licht, kein einziger Lichtstrahl, nicht eine Lampe konnte sie sehen. Jan wich zur Seite, als sie zum Fenster hin ging. Ein Schauer lief ihr über den Rücken. Nein, es konnte nicht sein. Es war nicht möglich. Wenige Zentimeter vor der Scheibe hielt sie ihr Gesicht und schaute nach draußen, ohne etwas erkennen zu können. Schaute nach draußen, wo es nichts zu sehen gab. Kein einziger Lichtstrahl, kein Licht. Draußen war es absolut dunkel. Zu dunkel. „Das ist kein Fenster", stellte sie fest. „Nein?", fragte Jan. „Nein", bestätigte Larissa: „Draußen ist es niemals so dunkel". „Du bist auch im Schatten. Hier gibt es kein Licht", antwortete er. „Nein! Du lügst! Es ist nur dunkel. Es ist nur Nacht! Du lügst!" Eine Antwort Jans blieb aus. Jan trat vor und spielte am Fenster herum, während Larissa sich wieder auf den Boden fallen ließ. Sie schloss die Augen. Ihr Magen rumorte. Sie hatte Hunger. Großen Hunger. Wann hatte sie das letzte Mal etwas gegessen? Sie konnte sich nicht erinnern. Ein kalter Luftzug wehte an ihren Haaren und zerzauste sie noch mehr. Ein sehr kalter Luftzug. Larissa stand wieder auf und hätte sich fast den Kopf angehauen. Sie wich im letzten Moment der

Fensterscheibe aus und lehnte sich an das Fenster. Ja, Jan hatte die Wahrheit gesagt. Es war immer noch unmöglich aber wahrscheinlicher. Er hatte das Fenster geöffnet und somit die Grenze zwischen drinnen und dem, wie er es nannte, Schatten, gelichtet. Kalte Luft strömte in den Raum und kühlte ihn schnell hinunter. „Willkommen im Schatten", flüsterte Jan leise. „Nein. Willkommen in der Nacht", entgegnete Larissa. „Wir werden sehen", antwortete Jan, als er sie von dem offenen Rahmen des Fensters wegzog und es wieder schloss. Dann verließ er auch das Zimmer und die Tür verschwand wieder in der Wand. Larissa atmete hörbar auf. Sie war wieder alleine. Zuvor hatte sie sich gewünscht nicht allein zu sein, doch so sehr freute sie sich jetzt wieder alleine zu sein. „Die Welt des Schattens", dachte sie sich und lachte dabei. Was für ein Schmarn. Aber Jan schien davon überzeugt zu sein. Larissa war es nicht. Es war eben Nacht und in ein paar Stunden würde der Tag beginnen und die Sonne würde scheinen. Irgendwann legte Larissa sich hin und irgendwann fielen ihr dann die Augen zu.

13

Ein Tag ohne Sonnenschein

Larissa drehte sich zur Seite und wurde von etwas gestoppt. Hatte ihr Wecker nicht geklingelt? Hatte sie gar verschlafen? Sie öffnete schwerfällig die Augen und sah sich um. Wo war sie denn nur? War sie vom Bett gefallen? Nein, sie war gar nicht in ihrem Zimmer. Aber wo war sie dann? Mühsam richtete sie sich auf und lehnte sich an die Wand. Ihr Magen rumorte. Hunger hatte sie. Riesigen Hunger. Wann hatte sie den das letzte Mal etwas gegessen? Erkenntnisse durchschossen ihren Kopf. Sie war nicht zu Hause. Sie war eingesperrt. Eingesperrt von einem alten Mann, einer Frau und einem jüngeren Mann namens Jan. Sie erinnerte sich an den alten Mann, welcher ihr Angst gemacht hatte. Sie erinnerte sich an Jan, welcher ihr versuchte hatte zu sagen, sie sei in der Welt des Schattens. Larissa musste zum Fenster. Sie musste bestätigen, dass die Sonne schien. Jedoch reichte auch schon ein kurzer

Blick in die Richtung um sie davon aufzuhalten. Vielleicht war es immer noch Nacht? Vielleicht hatte sie den Tag verschlafen und es war wieder Nacht? Oder Larissa war bei einem Pol und die Nacht würde noch lange dauern. Sie wusste ja nicht mal, wo sie war und irgendwelche Hinweise konnte sie nicht erkennen, da alles außerhalb ihres Fensters zu dunkel um etwas zu erkennen war. Sie war trotzdem zum Fenster gegangen und schlug ihren Kopf gegen die Scheibe. Es musste eine Erklärung dafür geben. Es musste eine Erklärung dafür geben, dass man sie hier festhielt, das dort draußen Dunkelheit herrschte, dass alle ihr Fragen stellten. Es musste Erklärungen für das alles geben, nur wusste Larissa sie nicht. Erneut meldete sich ihr Magen. Sie hatte Hunger verdammt noch mal. Hier musste doch irgendwas zu essen sein. Sie schreckte hoch, als sich die Tür öffnete und ein Mann hereinkam. Was für ein Wunder, es war Jan. Aber es hatte etwas Gutes an sich, das Jan kam. Jan hatte eine Schüssel in der Hand von der Dampf aufstieg. In seiner anderen war ein Koffer, aber dieser war Larissa zurzeit vollkommen egal. Jan setzte sich in die Mitte des Raumes und fragte ohne jede mögliche Art von Begrüßung: „Du hast wohl Hunger?" Larissa hielt es nicht für nötig zu antworten, sondern setzte sich neben ihm hin. Jan reichte ihr die Schüssel und sie machte sich gierig über das Essen her. Kurze Zeit darauf war dann auch die Schüssel leer und es brach Stille ein. Jan hatte kein Wort gesagt, seitdem er ihr die Schüssel gegeben hatte. Er war die ganze Zeit dort gesessen und hatte sie beobachtet und schien auch nichts weiter vorzuhaben und so war es an Larissa die Stille zu brechen. Sie sparte sich den Dank für das Essen, sie war ja nicht freiwillig hier, sondern fragte ihn direkt: „Warum scheint draußen nicht die Sonne?" „Wir sind im Land des Schattens. Hier hat noch nie die Sonne geschienen", antwortete er genauso, wie jedes Mal wenn sie ihn zuvor gefragt hatte. Er griff nach dem kleinen Koffer, welchen er mit dabei gehabt hatte, und holte daraus ein kleines Stofftuch hervor. Er legte es in die Mitte und schaute sie an, als warte er auf etwas. Larissa steckte ihre Hand in Richtung des Tuches, aber er stellte seine Hand dazwischen und schüttelte den Kopf. Langsam entfernte Larissa ihre Hand wieder. Was war in diesem kleinen Tuch eingewickelt, das sie es nicht sehen durfte? Jan sah sie wieder an und wartete auf etwas, aber sie wusste nicht auf was und daher wartete er umsonst. Irgendwann schien auch er das zu bemerken und er öffnete das Tuch und heraus kam ein kleiner Ring. Er nahm einen kleinen Stock heraus und hob damit den Ring in die Höhe damit sie ihn besser sehen konnte, jedoch erschwerte er das nur, da er sehr stark dabei zitierte und er setzte den Ring behutsam wieder auf das Tuch und dabei schien er einen kleinen Fehler gemacht zu haben. Der Ring kam auf dem kleinen Kristall auf dessen Spitze auf und ein leises Zischen war zu hören und das Tuch entflammte. Sofort entfernte er wieder den Ring und beide beobachteten, wie das Tuch vollkommen in Flammen aufging. Larissa konnte sich das nicht erklären. Warum war das Tuch in Flammen aufgegangen? Wie ging so was? Wie konnte ein kleiner Kristall oder ein Ring Flammen verursachen? Das Feuer erlosch, als sich das Tuch vollkommen aufgelöst hatte und den Blick auf den Boden freigab, welcher sich vollkommen schwarz verfärbt hatte und eine Mulde gebildet hatte. „Deshalb darfst du ihn nicht berühren?", erklärte Jan. „Was war das? Wie kann ein Ring so was tun", fragte sie. „Nicht der Ring macht das. Es ist etwas anderes. Etwas was jeder kennt. Jeder ließt es, aber niemand weiß, dass es stimmt. Es stimmt alles über Zauberern. Es stimmt alles über Zauberei. Es ist alles geheim", erläuterte er. „Wie das stimmt? Es gibt Zauberer?", entgegnete Larissa. Jan hob seine beiden Hände und zeigte auf die eine Wand. Sein Fingernägel färbten sich schwarz, genau wie seine Augen. Schwarze Linien erscheinen auf der Wand und bündeln sich zu einem Menschen. „Es gab einst nur einen Zauberer, welcher alle dreizehn Elemente selber kontrollierte. Sonst war da niemand". Dreizehn Kristalle bildeten sich aus dem Mann heraus und verteilten sich und verändernden sich weiter zu Menschen. „Er behielt die Zeit und schuf seine Diener mit jeweils der Kraft eines Elements gebündelt, jedoch in einem Kristall. Und auch das reichte nicht. Er wollte noch mehr Leben, aber diesmal ohne die Macht die Elemente zu nutzen. Und er ließ es uns Dienern auch schaffen. Alles war gut, bis wir uns gegen ihn stellten. Er behandelte uns alle gleich. Die Menschen und uns Zauberer. Wir waren geboren, um über die Menschen zu regieren, aber er hinderte uns daran. Und dann hinderten wir ihn." Auf der Wand zersplitterten die Menschen und wurden wieder zu Kristallen. Alle außer einem. „Er verbannte uns in die Kristalle. Uns alle außer meinem Meister. Er wollte uns damals vernichten, musste aber dafür alle haben. Und nun kommen wir wieder. Wir der Schatten werden ihn stürzen und selber regieren. Wir werden über die Menschen regieren!", er schrie so laut er konnte und die Schatten auf der Wand lösten sich auf: „Und du wirst uns dabei helfen". „Und was hat der Ring damit zu tun?", fragte Larissa. „Es ist der Ring des ersten Zauberers. Es ist eine Waffe. Es ist seine Waffe. Aber es ist eine Waffe, die sich selber aussucht, wer sie führen darf." Jan verschloss seinen Koffer, um dann den Raum zu verlassen. Der Ring blieb liegen und die Tür verschwand wieder in der Wand.

Larissa schlich sich zu der Wand, wo die Tür sein müsste und suchte danach, jedoch konnte sie nichts erkennen. Die Wand war glatt, wie eine Wand, aber sie hatte wenige Sekunden zuvor gesehen, wie sich die Tür geöffnet hatte. Es konnte nicht sein. Nirgendwo konnte sie eine kleine Lücke ertasten in die die Tür einrasten würde. Wütend schlug sie ihre geballte Faust gegen die Wand. Nein! Warum? Warum wurde sie hier festgehalten? Warum hatte Jan ihre diese Geschichten erzählt? Geschichten von Zauberern, von Zauberei. Warum war es draußen so dunkel? Warum warum warum. Warum wurden ihre Fragen nicht beantworten, sondern ihr nur welche gestellt? Und … warum hatte Jan den … Ring dagelassen? Larissa drehte sich von der Wand weg und schaute auf den Ring. Der Ring aus schwarzen Metall und einem ebenfalls schwarzen Kristall lag in der Mitte des Raumes, nur wenige Zentimeter neben der schwarzen Mulde am Boden. Larissa, welche mittlerweile direkt vor dieser stand, bückte sich vor um die Mulde genauer anzusehen. Leicht strich sie über die schwarze Oberfläche, musste ihre Hand sofort wegziehen. Ein schwarzer Sichel erschien auf ihrer Handoberfläche und schien sich buchstäblich hineinzubrennen und sie musste sich vor Schmerzen zusammenkrümmen. Sie konnte nur noch Schemen sehen. Die Tür, welche nicht existieren konnte, öffnete sich und der alte Mann kam in den Raum hinein. Nein, jeder aber nicht er. Larissa wich zurück. Ihre Finger berührten leicht den Ring und die Zeit schien für einen Moment stillzustehen. Der alte Mann, welche in einen blauen Umhang gehüllt war und sich auf einen Gehstock stützte schien kurz stehen zu bleib. Am Türrahmen war das Gesicht der Frau erschienen, auch sie bewegte sich kurz nicht. Larissa erwartete, das etwas schlimmes passieren würde. *Die Waffe sucht sich aus, wer sie führen darf.* Hatte die Stimme in ihren Kopf geredet? Larissa hatte das nicht gedacht. Es war ein kleiner Moment gewesen, in der sie nichts gedacht hatte. Nun jedoch tat sie es. Sie dachte an die Stimme. An die Waffe und ehe sie sich versah, hatte sie den Ring aufgehoben. Der alte Mann kam wieder auf sie zu und auch die Frau stand nicht mehr am Türrahmen, sondern mitten im Raum. Ihre Angst vor dem Ring hatte sich gelegt. Der Ring hatte vorhin einen Brand verursacht, aber nun tat er nichts. *Die Waffe sucht sich aus, wer sie führen darf.* Da war die Stimme erneut. Die Angst vor dem Mann hatte sich nicht gelegt. Larissa schaute sich den Ring in ihrer Hand an und überlegte kurz, ob sie es wirklich tun sollte, dann steckte sie ihn an ihren Ringfinger. Der Ring war erstmals viel zu groß, aber er veränderte sich irgendwie und schien ihr perfekt zu passen. Der Ring blitzte kurz auf und zog sich noch enger zusammen. Sie spürte, wie er stark pulsierte. So als ob er leben würde. Ob es stimmte, was Jan über den Ring gesagt hatte? Ob sie wirklich den Ring des ersten Zauberers in ihren Fingern hielt? Sie konnte nur hoffen, dass ihr dieser Ring helfen würde. Sie konnte nur hoffen, das etwas passieren würde. Sie hielt den Ring vor sich hin und zeigte mit dem Kristall an dessen Spitzte direkt auf den alten Mann und dann ging auch alles ganz schnell. Mit einem lautem Knacken brach ein schwarzer Spalt durch den Boden um dann beinahe zwei Meter vor ihr zu enden. Der alte Mann blieb stehen und auch die Frau blieb direkt vor dem Spalte stehen. Er hob seinen Gehstock und näherte ihn langsam über den Spalt. Die Oberfläche des Gehstocks wurde von schwarzen Linien überzogen und der Stock begann sich aufzulösen. Eine schwarze Kugel war leicht um Larissa zu erahnen, verschwand aber wieder, als der Mann den Stab wider entfernte. „Zieh den Ring aus!", wies der Mann sie an. Larissa schüttelte ihren Kopf. „Bitte mach das. Bevor etwas passiert. Bevor jemand verletzt wird", sprach nun auch die Frau. Larissa tat nichts. Larissa wollte nicht. Nein, sie wollte einfach nur gehen. „Du willst gehen?”, fragte die Frau. Larissa nickte und Tränen liefen ihre Backen runter. „Ich kann dir helfen. Hör auf und ich bring dich zurück zu deiner Familie”, erwiderte sie. „Du lügst”, flüsterte Larissa: „Ihr lügt alle”. „Ja, sie lügt. Wir lügen alle. Und weißt du was, das ist auch gut so”, brüllte der alte Mann: „Schau mal dort hin”. Die eine Wand öffnete sich und zeigte in einen anderen Raum. Mitten darin war ihr Vater gefesselt. „Nein”, schrie sie und ging auf ihn zu. „Larissa”, schrie aus dem Raum die Stimme ihres Vaters: „Flieh! Flieh so schnell, wie du kannst. Du darfst ihnen nicht glauben. Ren! Ren weg! Glaub ihnen nicht!” Die Wand begann sich wieder zu schließen. Ein Schrei schallte von dort hinüber. „Wenn du nicht willst, das ihm etwas passiert, dann zieh den Ring aus”, wies der Mann sie wieder an.

14

Die Zauberei

„Ren!", erreichte ein letzter Ton sie vom Nachbarraum und war der Letzte den sie von ihrem Vater hörte. „Gib mir den Ring", brüllte der Mann sie wieder an. Und Larissa musste es tun. Sie zog an dem Ring um ihn dann wieder dem Mann zu geben. Der Spalt schloss sich wieder und auch die Kugel um sie herum verschwand. Ein Lächeln erschien auf dem Gesicht beider. „Gut gemacht und jetzt gib mir den Ring", lobte sie der Mann. „Es geht nicht", wisperte sie. „Wie", knurrte er: „Gib ihn mir!" „Es wird nicht gehen", antworte eine andere Stimme. Der Mann drehte sich um, genauso wie die Frau. „Du! Du wagst es noch aufzutauchen", schrie der Mann: „Danach!", und zeigte auf Larissa, welche verzweifelt, versuchte den Ring von ihrem Finger zu lösen. Der Mann schlug Jan mit seinem Gehstock ins Gesicht, worauf dieser einen Meter zurück trat und Blut auf den Boden spuckte. „Es geht nicht mehr ab. Die Waffe sucht sich aus, wer sie führen darf.", entgegnete er, um darauf noch einen Schlag zu bekommen: „Du wirst es verstehen". Die

Frau packte Jan und zerrte ihn aus dem Zimmer. Der Mann drehte sich wieder zu Larissa: „Meine Dame, wir haben deinen Vater. Wenn du irgendwas mit diesem Ring machst, werden wir ihn dir mit Gewalt wegnehmen und deinen Vater auch!". Er drehte sich weg und als sich die Tür hinter ihm schloss, war ein mechanisches Rattern zu hören, als eine Metallwand um jede der Wände herumfuhr und sie verstärkte. Larissa sank auf den Boden. Was sollte sie jetzt nur machen? Die hatten ihren Vater. Sie konnte nichts machen. Aber zumindest konnten sie ihr nichts machen. Sie hatte den Ring. Jetzt musste sie hier nur raus. Sie strich mit ihrem Finger über den kleinen Kristall und ein schwarzer Sichel leuchtete aus ihrer Handoberfläche heraus und erlosch wieder, als sie ihn entfernte.

„Was soll das", fuhr sie ihn an. „Denk mal nach", entgegnete er: „Die Waffe sucht sich aus, wer sie führen darf.". „Jetzt hör auf immer diesen Satz zu sagen", antwortete sie leicht genervt. „Wenn sie das machen soll und sie den Ring besitzt, dann wird ihr das eine große Hilfe sein", schilderte er fasziniert: „Er könnte ihr so nichts tun". „Und woher wusstest du, dass der Ring sie nicht töten würde", erwiderte sie aufbrausend: „Wir sind hier nicht zum Spielen. Weist du was mit uns passiert, wenn wir scheitern". Er packte sie an ihrem Hals und hob sie hoch: „Ich war Jahrhunderttausende in diesem Kristall eingesperrt nicht du", bellte er sie an, drehte sich weg und verließ den Aufenthaltsbereich. Sie würden es verstehen. „Warte", schrie sie ihn nach, aber er reagierte nicht: „Ich muss wieder weg", sagte sie. Er stieß die Tür hinter sich zu.

Erneuert flammte die Sichel auf als Larissa den Kristall mit ihren Finger berührte. Sie saß in der Mitte des Raumes direkt vor der Mulde, welche der Kristall in den Boden eingebrannt hatte. Larissa verstand die Welt nicht mehr. Wie konnte das alles sein? Wie konnte es so etwas geben? Erneut flammte die Sichel auf, aber diesmal sorgte sie dafür, dass er länger leuchtete, um ihn genauer anzusehen. Wie schwarze Farbe strahlte dieser schwarz aus ihrer Handoberfläche und verschwand vollkommen, wenn sie ihn von dem Ring entfernte. Larissa konnte es sich nicht erklären. Genauso, wie sie nicht erklären konnte, was vorhin passiert war. Sie erinnerte sich wieder an die Wörter ihres Vaters. Sie sollte rennen. Sie sollte fliehen. Er wusste davon Bescheid. Er wusste, was hier los war. Was hier vor sich ging, war ihm bekannt. Aber das war ihr Vater. Dieser konnte … nein ihr Vater konnte davon nichts wissen. Er war nur ein Salzbergwerkarbeiter. Er hatte mit so was nichts zu tun. Er *konnte* mit so was nichts zu tun haben. Ihr Vater und ein Zauberer. Mittlerweile glaubte sie daran. Sie glaubte an Zauberei, seit sie gesehen hatte, was dieser Ring alles machen konnte. Sie glaubte daran, seitdem sie gesehen hatte, das die keinen Fehler gemacht hatten, sondern es wirklich auf sie abgesehen hatten. Aber es war ihr Vater. Er konnte nicht sein, dass er ein Zauberer war und sie all die Jahre nichts davon bemerkt hatte. Wie hätte er das tun sollen? Wie hätte er das schaffen sollen? Die Wahrheit lief ihr eiskalt über den Rücken hinunter. Wenn das alles stimmte: Wie wenig wusste sie den über ihren Vater? Er war immer die gesamte Nacht nicht da gewesen. Er war immer, wenn es dunkel war, nicht da. Immer wenn es dunkel war. Dunkel wie im Schatten. Wenn er wirklich ein Zauberer gewesen war? Was hatte er alles gemacht? Was hatte er gemacht, das sie ihn gefangen hielten und auch sie? Sie musste hier weg. Das hatte er gesagt, aber konnte sie das wirklich? Er war ihr Vater. Konnte sie ihn einfach so im Stich lassen? Sie hatten ihn in seiner Kontrolle. Würden sie ihm etwas antun? Larissa erwartete nicht, dass sie zurückschrecken würden ihnen etwas zu tun. Sie konnte nicht fliehen. Zumindest noch nicht. Es war noch zu früh.

Die Tür wurde aufgerissen und sein Meister kam herein und schloss die Tür genauso aggressiv, wie er sie zuvor auch geöffnet hatte. Er kam wütend auf Jan zu. Ein Schauer lief dessen Rücken hinunter. War es hier kälter geworden? Jan fror. Er fing an zu zittern. „Meister-", setzte er an, wurde aber abgewinkt. „Gib mir einen Grund dich nicht zu vernichten. Es gibt keinen. Ich weiß, warum du das gemacht hast. Ich weiß auch, was du dir dadurch erwartet hast. Ich wusste sogar, dass du es tun würdest. Ich habe mir bis zum letzten Moment eingeredet, dass du es nicht tun würdest. Aber du hast es getan. Gib mir einen Grund dich nicht zu töten!" schrie er ihn an. „Es gibt keinen", antwortete Jan leise: „Es gibt keinen Grund. Es gibt keinen Grund das zu rechtfertigen". „Und warum glaubst du, lebst du noch?", fragte er. „Ich weiß es nicht. Vielleicht weil es genützt hat. Vielleicht aber auch, weil nichts passiert ist. Ich weiß es nicht", entgegnete er leicht lauter als zuvor. „Du wirst genügend Zeit haben darüber nachzudenken", ein Lächeln erschien in dem Gesicht seines Meisters und zeigte dessen schwarzen verfaulten Zähne. „Bitte, bitte nicht", jammerte Jan und wich einen Schritt zurück. „Du wirst mich nicht mehr enttäuschen! Du wirst ihr den Schatten lehren und auch den Ring", wisperte sein Meister leise und verlas den Raum genauso schnell, wie er ihn betreten hatte.

15

Der Schatten

Irgendwas schien sich verändert zu haben, das war Larissa klar, als kurze Zeit später Jan wieder in den Raum hineinkam und dabei sogar lächelte. Sie stand auf und wich einen Schritt von ihm zurück. „Bleib weg von mir", schrie sie ihn an. „Was willst du machen?", fragte er sie. Larissa konnte nicht antworten. Was wollte sie machen, wenn er näher an sie kam, was er auch tat. Er setzte sich vor ihr hin und schaute sie nur an und auch Larissa nutzte die Zeit ihn genauer zu mustern. Jan war vollkommen schwarz gekleidet, zumindest fast. Sein schwarzer Pullover und die schwarze Hose passten zu seinen schwarzen Haaren. Waren aber im Kontrast zu seiner hellen Haut und zu seinen Füßen. Er trug keine Schuhe und auch keine Socken, sonder lief einfach so über den kalten Boden. Larissas Blick blieb an seinem Gesicht hängen. Dicht unter seinen schwarzen vollkommen verwursteten Haaren rutschte ihr Blick ab. Sie konnte nicht einfach sein gesamtes Gesicht ansehen. Es schien ihr als verschoben sie die einzelnen Glieder, Augen, Nase und Mund.

Ebenso wie ihr die einzelnen Glieder jedes Mal leicht unterschiedlich erschienen. Mal war es das Auge, das braun strahlte, sie aber meinte, es wäre zuvor vollkommen schwarz gewesen. Oder der Mund, welcher ihr vorher kleiner vorgekommen war und auch weniger stark rot getönt. Es schien, als würde er sein Gesicht verändern. „Willst du dich nicht setzten?", fragte er sie nach minutenlanger Ruhe. Sie schüttelte langsam den Kopf. „Ich möchte dir nur ein paar Sachen zeigen. Ich will dir nur ein paar Zauber zeigen", er lächelte sie an. Sie schüttelte erneut den Kopf und flüsterte leise: „Ich will nicht" Jan tat, als hätte er nichts gehört. „Nicht nur zeigen, sonder auch beibringen", versuchte er es weiter, aber Larissa schüttelte erneut nur den Kopf. Warum konnte er nicht einfach gehen? Warum konnte man sie nicht in Ruhe lassen? Aber diesmal blieb sie still und behielt alles in ihrem Kopf. „Ich muss dir leider diese Sachen zeigen und du wirst sie lernen, egal ob du willst", er lächelte immer noch. Er hob seine Hand und richtete sie auf Larissa zu: „Komm doch her und mach es mir nicht schwerer, als es sein müsste. Mach es mir *und auch dir* nicht schwerer, als es sein muss". Sie kam einen Schritt auf ihn zu und setzte sich dann auf den Boden. „Brav", flüsterte Jan. „Was willst du mir zeigen?", sie senkte ihren Kopf. „Du musst mehr lächeln", antwortete er und bewegte zwei seiner Finger. Larissa lächelte, konnte aber nichts dafür. „Wie machst du das?", fragte sie. Larissa wehrte sich dagegen, aber ihr Mund schien nicht mit ihr einer Meinung zu sein. Sie konnte nicht aufhören zu lächeln, obwohl ihr nach dem Gegenteil zumute war. „Ich kann nicht aufhören!", schrie sie entsetzt. „Du kannst. Du musst es nur *richtig* wollen", antwortete er. Mittlerweile tat ihr der Mund weh, dann hörte es plötzlich auf. Der schwarze Sichel erschien auf ihrer Handoberfläche ohne, dass sie diesmal den Kristall berührte, geschweige sich diesen überhaupt näherte. „Geht doch", entgegnete Jan nur. Larissa strich sich über ihr Gesicht. War dies wirklich passiert? Ihre Wangen, ihre Lippen schmerzten. Ja, es war wirklich passiert. „Wie machst du das?", fragte sie erneut. „Wenn du es richtig willst, dann kannst du fast alles schaffen. Wir sind der Schatten, ein Zweitbild von allem. Wie alle anderen Elemente verändern wir nur den Gegenstand unserer Begierde. Wir machen damit was wir wollen", erklärte er. „So?", fragte Larissa. Es passierte nichts. „Manchmal reicht es nicht aus einfach nur zu-", Jans Kopf wurde zur Seite geschleudert und ein roter Abdruck erschien auf seiner Wange. „Ja so", antwortete er überrascht. Ein Lächeln erschien auf Larissas Gesicht. Ein echtes Lächeln. „Trotzdem reicht es manchmal nicht aus einfach nur zu denken, wenn der Zauber stärker ist oder größer ist, dann nutzt du die Hände, deinen Körper, einen Ring, einen Stab und wenn es sein muss sogar einen Zepter. Nur muss es immer ein Kristall sein", sprach er diesmal zu Ende. „Ich verstehe nicht, was an meinen Händen kristallig ist. Ein Ring ok", sie sah auf den schwarzen Kristall an ihrem Ringfinger: „Ein Zepter aus Kristall auch ok, aber wie können meine Hände ein Kristall sein, geschweige den mein ganzer Körper", erkundigte sie sich. „Du bist ein Kristall", antwortete Jan nur und legte seine geballte Faust auf ihr Herz. Larissa fiel auf: Er war näher gerückt. Er entfernte seine Hand und Larissa atmete innerlich aus. Jan legte beide seiner Hände auf den Boden und schwarze Streifen erschienen auf seiner Hand. „Der Schatten ist eines der wenigen Elemente, welches endlos ist. Alles hat einen Schatten. Egal wie winzig dieser ist, du kannst ihn kontrollieren, beeinflussen und auch vergrößern. Du kannst dort Sachen ablegen, Sachen einsperren und auch selber dort eintauchen. Obwohl wir im Schatten sind, kann ich immer noch in den Schatten des Schattens eintauchen. Alles hat seinen Schatten", Jan hob seine Hände vom Boden ab und plötzlich veränderte sich alles. Larissa sah nur noch schwarz und zudem schien es ihr, als würde sie fallen, sich immer drehen und immer schneller werden. Sie konnte nichts ertasten. Immer schneller schlug ihr Herz. Sie spürte nichts im Schatten. Spürte nicht den Boden. Spürte nicht die Luft. Sie hatte die Luft angehalten. Konnte sie überhaupt atmen? Ja, sie konnte. „Im Schatten gibt es nichts zu sehen, nichts zu spüren. Es gibt nichts zu fassen. Es gibt einfach nichts, außer du oder jemand vor dir hat dort etwas abgelegt", Jans Stimme schien ihr weit weit entfernt und auch seine Stimme leise, zu leise. Die Welt schien sich wieder zu drehen und auch die Farben kehrten wieder zurück. Zum ersten Mal war Larissa der weißen Lampe an der Raumdecke und den weißen Wänden dankbar. Erneut schien ihr Jan, welcher vor ihr saß, anders auszusehen, aber sie traute sich nicht ihn zu fragen. „Man kann aber auch anderes mit dem Schatten machen. Der Schatten ist eine Waffe, genauso wie du es bist", er schnipste und schwarze Linien bündelten sich auf dem Boden zu einem Rechteck zusammen. „Greif hinein!", forderte Jan sie auf. Larissa tastete sich zum Beginn des Rechtecks und wahrhaftig konnte sie ihren Finger in die Fläche hineinbewegen. Dort ertaste sie etwas. Eine Klinge. Sie packte die kalte Klinge und zog sie aus dem Rechteck heraus. Zum Vorschein kam ein Messer. Schwarzes Metall verbunden mit einem ebenfalls schwarzen Griff. Larissa strich über die Klinge und zog erschrocken ihre Hand von der eiskalten Fläche zurück. „Etwas verbindet dieses Messer und den Ring miteinander. Beide sind teils aus einem besonderen Material. Aus einem für den Menschen undefinierbaren Material. Beide bestehen teils aus schwarzer Materie", erklärte Jan. „Und was soll das sein?", fragte Larissa. „Nur das Böse eines Menschen mit Stahl vermischt", antwortete er und lächelte dabei: „Ich mein es ernst. Schwarzer Materie besteht aus dem Bösen eines Menschen und wird unter Drachenfeuer, einem der wärmsten Flammen geschmolzen und mit einem Metall vermischt, meistens Stahl". Er nahm ihr das Messer aus der Hand. „Und warum ist es für den Menschen undefinierbar", fragte sie. Du spürst diese Klinge, weil du ein Teil des Schattens bist, genauso wie der Ring. Deshalb ist die Klinge für uns nicht so schlimm, wie für andere. Eine Wunde würde heilen, zumindest in sehr sehr vielen Jahrhunderten". „Bei den ande-", jedoch unterbrach Jan sie: „Bei anderen

Zaubern würde es nicht heilen, die Wunde würde für immer bleiben und bluten und niemals sich schließen". Und was würde bei einem Menschen sein? Larissa stellte die Frage nicht laut. Jans Hand verschwand im Boden und kam kurz darauf mit einem weiteren Messer wieder heraus. Diesmal aus einem silbrigen Metall. „Hier dahingegen ein normales Stahlmesser", er reichte es Larissa, welches es verwundert an sich nahm. „Komm schau dir die Klinge an, bevor du mir nicht glaubst, dass sie echt ist", wies Jan sie an. Die Klinge war echt. Sie gab ihm das Messer zurück. Er nahm jeweils ein Messer in eine Hand und ließ sie gegeneinander schlagen. Larissa sah zu, wie das Stahlmesser erstens mitten hindurch geschnitten wurde, sich dann in der Luft schwarz färbte und schon in der Luft zersplitterte und auf dem Boden anschließend nur noch kleine Scherben landeten. Es herrschte kurz Stille, bis Jan diese unterbrach: „Das passiert mit allem anderen auch. Das ist aber nicht das einzige am Schatten" Er wurde bleicher und schien Larissa leicht durchsichtig und wurde stetig durchscheinender, bis er nicht mehr zu sehen war. „Der Schatten ist immer da, nur ist er nicht immer zu sehen", kam von der einen Seite des Raumes Jans Stimme und kurz darauf von der anderen Seite: „Und du bist, wie der Schatten, nicht immer zu sehen" „Wie machst du das", fragte Larissa. „Du wirst es noch lernen", antwortete Jan und saß dabei direkt vor ihr: „Aber es gibt noch viel mehr über den Schatten zu wissen und zu lernen". Ein Schauer lief Larissa über den Rücken. Auch Jan schien es gemerkt zu haben, denn er sprach nicht weiter. Langsam öffnete sich die Tür, welche nicht zu ertasten war, welche nicht zu sehen war, welche man nicht von hier öffnen konnte, und der alte Mann kam herein. Unbehagen stieg in ihr auf. Kälte kroch ihren Rücken hinauf. Es schien ihr, als schleiche sich die Kälte leise an sie, bis sie ihr im Nachen hängt. Ein kleiner Schauer jagte durch ihren Körper. Sie rieb ihre Hände aneinander um sich zu wärmen, aber es brachte nichts. Der alte Mann kam näher auf sie zu. Jan stand auf um ihn zu helfen, was aber nicht nötig war. Eiszapfen siegen dem Boden empor und bildeten eine Art Thron, worauf sich der Mann setzte. Seinen Gehstock lehnte er gegen die Lehne und beugte sich vor: „Meine Dame, es gibt mehr Elemente als nur den Schatten". „Meister, es gibt so was nicht. Es ist nicht möglich das ein Bändiger mehrere Elemente bändigt", unterbrach ihn Jan. „Nur, weil du daran nicht glaubst, heißt es nicht dass es das nicht gibt. Ich habe es gesehen und sie kann es schaffen. Sie ist dazu fähig", schrie er sie an und es schien Larissa, als wäre es noch kälter geworden. „Meister, wenn sie wollen das ich ihr etwas beibringe, dann mischen sie sich nicht ein oder machen sie es selbst", schrie nun auch Jan und seine Augen färbten sich schwarz. Der alte Mann stand auf und wollte sich schon fast wegdrehen, als er noch anhielt: „Meine Dame sie mein Gesicht an. Die Klinge vor dir macht so was. Es heilte nie und es wird auch niemals heilen. Blut lief aus einer Wunde an seiner Wange. Es war ein Schnitt, der sich entzündet hatte. Ein Schnitt, welcher sich schwarz gefärbt hatte. Schwarz wie das

Stahlmesser, welches Kontakt mit der Klinge gehabt hatte. Es war wohl ein schmerzvoller Schnitt. Nein Larissa konnte sich das Gesicht nicht ansehen, aber das Bild hatte sich schon in ihren Kopf eingebrannt und war von dort nicht mehr zu vertreiben. Der alte Mann verließ den Raum wieder und es schien auch wieder wärmer zu werden im Raum. Jan setzte sich wieder ihr gegenüber und zeigte und brachte ihr wieder Zauber bei.

16

Die goldene Rüstung

Es hatte sich viel geändert in letzter Zeit. Anfangs interessierte Larissa nur eine Sache. Sie wollte fliehen, doch mittlerweile hatte sich viel geändert. Alles war besser. Sie war zwar immer noch in dem gleichen weißen Raum, mit dem Fenster, welches sie nicht selber öffnen konnte. Es war das Zimmer mit der Tür, die nicht existieren durfte und auch das Zimmer mit der Brandmulde im Boden. Aber sie selbst hatte es geschafft den Raum besser zu machen. Anfangs schlief sie auf dem harten, kalten Boden, doch jetzt lag sie immer dann, wenn sie müde war in einem Bett aus Schatten. Sie saß nicht mehr auf dem Boden, sondern lehnte sich an den Schatten. Der Schatten war ihr Freund geworden und auch die Sichel auf ihrer Handoberfläche war ihr Begleiter geworden. Aber auch das war nicht alles. Jan war anders geworden. Anfangs hatte sie auch von ihm Angst gehabt, doch nun hatte sie sich an ihn gewöhnt. Sie hatte nichts mehr gegen ihn. Sie konnte ihn leiden. Vielleicht mochte sie ihn sogar. Jeden Tag, zumindest jedes Mal, nachdem sie aufgewacht war, kam er zu ihr. Gab ihr erst zu essen und dann brachte er ihr etwas Neues bei. Jeden Tag aufs Neue. Jeden Tag bis auf heute. Larissa war aufgestanden und es verging auch nicht viel Zeit, bis er kam und eine dampfende Schüssel in der Hand hielt und in der anderen seien Koffer. Jeden Tag gab es etwas anderes zu essen und auch jeden Tag hatte er andere Gegenstände in seinem Koffer und so war es auch heute. Jan stellte die Schüssel vor ihr auf den Tisch, welcher durch ihren Einfluss sich aus Schatten bildete und die Schüssel wirklich hielt. Oft hatte sie Schüsseln zerbrochen, sehr oft hatte sie ihr Essen verschwendet. Zu oft waren fremde Menschen, wenn es den welche waren, gekommen und mussten ihre Sauerei aufräumen. Stets trugen sie eine schwarze Rüstung, welche Larissa an die Rüstungen der Ritter erinnerte und jedes Mal musste sie zusehen, wie ihr essen vom Boden aufgewischt und entsorgt wurde. Und stets musste sie dann hungrig auf die nächste Mahlzeit warten. Hungrig blieb sie auch, bis sie es endlich erlernt hatte und der Tisch stabil stand. Im Gegensatz zu dem Stuhl auf den Jan sich setzte und den auch sie erschuf. Sie wollte ihn nicht richtig schaffen. Immer wieder löste sie den Stuhl auf, worauf Jan immer auf den Boden viel, so auch heute. Jan hatte die Schüssel auf den den Tisch gestellt und Larissa ließ den Stuhl verschieben, damit er bequem Platz nehmen konnte, und ließ ihn sich anschließend wieder an den

Platz verschieben. Die Schüssel glitt über den Tisch, ohne von jemanden berührt zu werden und blieb kurz vor der Kante stehen und Larissa begann zu essen. Wie immer beobachte Jan sie, obwohl er wusste, dass sie das nicht mochte und so zuckte sie leicht mit dem Zeigefinger und der Stuhl verschwand und Jan würde auf den Boden stürzten. Aber er tat es nicht. „Du hast doch nicht geglaubt, dass ich jemals darauf reingefallen bin, oder?", fragte er sie. „Ähm … du weißt schon … es war ja lustig … also … es war nicht ernst gemeint … sondern einfach nur zum … Ähm … Spaß genau zum Spaß", Larissa lächelte, zu helfen schien das jedoch nicht. „Ich weiß, aber ab heute ändert sich viel", entgegnete er. „Kann ich hier endlich raus", Hoffnung blitzte in ihr auf. Sobald sie draußen war, gab es keine Mauern, die sie aufhalten konnten. Sie konnte fliehen. Musste keine Tür suchen, die es nicht geben durfte. Und vielleicht war dann der alte Mann nicht in der Nähe. „Komm mit", Jan stand auf und drehte sich in Richtung Tür. In Larissa herrschte plötzlich Eile. Sie stieß ihren eigenen Stuhl nach hinten fort, welcher an der Wand sich auflöste und im Schatten verschwand, dann rannte sie ihm nach. Und vor ihr öffnete sich die Tür und beide traten durch.

Irgendwie hatte Larissa etwas anderes erwartet. Sie konnte zwar selber nicht in Worte fassen, was sie erwartet hatte, aber es war nicht das, was sie vorfand. Sie kam in einen ebenso großen Raum, wie der, wo sie sich immer aufgehalten hatte, nur war diesmal die Wand grau angemalt und dieser Raum war nicht so leer wie der Ihrige. Überall waren Arten von Regalen, welche so einen Gang bildeten, welche sie folgten. In den Regalen war etwas drinnen, es sah aus wie … nun ja ein Viereck und auf jedem Viereck stand eine Nummer. Es waren Nummern wie T465 oder T466 und die Zahlen wurden immer größer. Larissa blieb kurz stehen, und zwar vor der Nummer T467. Irgendetwas war mit dieser Nummer. Sie wusste nicht, was mit ihr war. Larissa wusste auch nicht, warum ausgerechnet bei genau dieser etwas sein konnte, geschweige denn, woher sie so was wissen sollte. Und daher ging sie weiter, aber die Zahl T467 würde sie noch begleiten, dessen war sie sich sicher.

Irgendwann fand der Raum ein Ende und dort stand ein schwarzer Tisch mit insgesamt vier Stühlen. Jan wies Larissa an sich auf einen von diesen zu setzten und sie gehorchte ihn. Noch musste sie ihm gehorchen, doch ihr schien es, als könne sie schon die Freiheit riechen, was natürlich, wie sie selber wusste, nicht möglich war. „Wir müssen nur noch ein bisschen warten", informierte sie Jan. Sie musste noch ein bisschen warten auf ihre Freiheit, was sie aber nach so langer Zeit nicht zu stören schien. Zumindest hatte sie dies gedacht, bis sie sah, wer kam und sich zu ihnen setzte. Die Frau nahm neben Jan Platz und der alte Mann direkt neben ihr. „Was will die den hier?", fragte die Frau und zeigte auf Larissa. „Sie soll auch mal etwas praktisch lernen", entgegnete Jan ebenso stur wie die Frau davor. Erst jetzt viel Larissa auf, wie wenig sie über diese Frau wusste, über Jan wusste sie mittlerweile viel, deutlich weniger über den alten Mann, dessen wie er es ja immer sagte Meister, aber nichts wusste sie über diese Frau. Nicht mal den Namen. Und genauso wenig konnte sie verstehen, was diese Frau gegen sie hatte. Alle drei legten ihre Hand auf den schwarzen Tisch, welcher, wie sie erst jetzt bemerkte, nicht aus Holz oder Gestein, wie sie erwartete hatte, bestand, sondern aus dem Schatten selbst und so traten sie alle zusammen in den Schatten ein, als auch sie ihre Hand auf die Tischplatte drückte und diese mit ihrem gesamten Körper und ihrer Seele darin versank … und gleich danach auch wieder von dort auftauchte. Nun aber waren sie woanders. Sie saßen zwar wieder an einem gleichen Tisch, aber nicht an demselben. Sie waren durch den Schatten gewandert und an anderer Stelle wieder aufgetaucht, oder sie waren die gesamte Zeit über im Schatten des Tisches gewesen. Larissa konnte sich nicht festsetzten. Zusammen mit allen anderen stand sie auf und folgte den anderen, welche einem langen vollkommen dunklen Gang folgten. *Dunkel, wie der Schatten selbst.* Irgendwann endete der schier endlose Gang in einen weiteren, aber größeren Gang, welcher zumindest leicht erleuchtet war. Larissa wollte den dunklen Gang verlassen, dessen Boden höher angelegt war als der des größeren Gangs, doch Jan hielt sie auf, bevor sie zum Sprung ansetzten konnte. Etwas Dunkles raste an ihnen vorbei und verschwand vor ihr. „In zwei Minuten kommt noch eine und dann erst wieder in fünf Minuten darauf. Wir sollten warten", riet die Frau, vollkommen gleichgültig. „Wir werden gehen", meinte der alte Mann und so sprang Jan als Erster und Larissa folgte ihm. Vier Schwarze Schatten rannten durch den Tunnel und schienen auch fast angekommen zu sein, als hinter ihnen zwei Scheinwerfer erschienen und ein leises, aber immer lauter werden kreischen ertönte. Larissa hatte erkannt, wo sie waren. Sie waren in einem Tunnel der U-Bahn, welche hinter ihnen gleich auftauchen. Auf der anderen Seite konnte sie aber auch schon die Lichter der Station sehen, doch von hinten kam die U-Bahn immer näher. Es schien ausweglos. Sie würden es nicht schaffen, es war nicht möglich, sie konnten nicht schneller als die U-Bahn laufen. Sie würden von dieser überfahren werden. Hinter ihnen wurden die Scheinwerfer größer und sie konnte die blaue U-Bahn erkennen, wessen Fahrer auch sie sah und laut hupte, nur würde es umsonst sein.

Hinter ihnen fuhr die U-Bahn in die Station ein und öffnete die Türen. Das ohrenbetäubende Hupen war verstummt und sie waren gerade dabei eine Ebene höher zu den S-Bahnen zu steigen. Sie hatten es geschafft. Larissa wusste nicht wie. Plötzlich schien es ihr, als wären sie schneller gewesen, viel schneller als die U-Bahn hinter ihnen. Mittlerweile waren sie an dem Bahnsteig einer der S-Bahn-Linien angekommen und sie vier setzten sich auf die dortigen Metallsitze und warteten auf die anfahrende S-Bahn um dann sie darin ebenfalls hinzusetzten. Sie fuhren die Strecke, bis zu der letzten Haltestelle und stiegen dann dort aus. Larissa blieb stehen. Sie kannte diesen Ort hier. Vor dem Bahnsteig war ein kleiner Kreisverkehr dahinter aber nur eine offene Fläche. Dort hätte ihre eigene Schule sein müssen. Es konnte nicht sein. Hier war ihre Schule gewesen, aber nun war dort nur noch Erde, sonst nichts. Jan drängte sie dazu weiterzugehen und sie gingen immer weiter durch den Ort, bis sie vor einem Haus stehen blieben. Die Frau stellte sich vor die Tür, während Larissa, Jan, sowohl auch der Mann sich danebenstellten. „Sei bloß still", flüsterte Jan ihr zu. Larissa sah sich um. Sie kannte diese Straße. Sie selber wohnte in der Nähe. Konnte sie es nach Hause schaffen bevor Jan oder einer der anderen sie erwischen würden. Nein, so beschloss sie, noch konnte sie nicht fliehen. Die Frau klopfte an der Tür und es verging nicht viel Zeit, bis diese auch geöffnet wurde. „Frau -", setzte der Mann, welcher die Tür geöffnet hatte, doch die Frau setzte ihren Finger an seine Lippen, sowie an ihre eigen um ihn zum still sein zu bringen. „Niemand darf erfahren, dass ich hier war", flüsterte sich ihm zu und er trat zur Seite und ließ sie hinein. „Wo ist denn ihre Frau?", fragte die Frau, als die Tür sich schloss und der Riegel einrastete. Wenige stille Minuten vergingen, bis der alte Mann aufstand und mit einem seiner Finger das Schloss berührte, worauf sich Eis bildete und die Türklinke „kaputt" ging. Der alte Mann öffnete leise die Tür und trat hinein. Jan und dann auch sie folgten. Drinnen saß eine weitere Frau und der Mann, der die Tür geöffnet hatte, neben der Frau, die mit ihnen gekommen war. Der alte Mann schlich sich ihnen von hinten an. Die eine seine Hand wurde von Eis überzogen und bildete so einen spitzten Zapfen, den er mit voller Wucht der Frau, die in diesem Haus wohnte in den Rücken stieß. Laut kreischte die Frau, die mit ihnen gekommen war, und spielte ihre Rolle perfekt. Erschrocken stand der Mann auf und er begann sich zu verändern. Eine Feuerkugel entstand in seiner Hand und auf seiner Haut wurde eine goldene Rüstung sichtbar. Nach Sekunden überall, außer an seinem Hals, wo die Frau, die mit uns gekommen war, ein kleines schwarzes Messer versenkt hatte. Der Mann fiel auf den Boden. Irgendwie kamen Larissa beide bekannt vor. Die Frau holte einen Kristall heraus und sprach in diesen hinein.

17

Die Erkenntnis

Ende Juli 2000

Wie an den zahlreichen Abenden zuvor lehnte sie sich gegen die Balkonfassade und starrte in die düstere Nacht hinaus. Ohne ein Ziel, ohne einen Zweck oder einen Sinn, nur weil sie es wollte. Damals, wie auch heute, leicht nach vorne gebeugt und ohne das Licht der Balkonbeleuchtung. Doch einsam, wenn auch nicht alleine. Von überall um sie herum konnte sie die Geräusche der Nacht hören. Von dem aufgeregten Rufen von Eulen, bis zu dem Knistern der Zweige, verursacht durch den Wind und durch die zahlreichen Tiere dort. Vereinzelt fuhr in der Ferne ein Auto vorbei. Über die Entfernung verblassten die Scheinwerfer und sie konnte diese nur hören. Sie fröstelte und traf wie an jeden Abend zuvor, die gleiche Entscheidung und öffnete die gläserne Tür des Balkons, um sich von drinnen einen Mantel zu hohlen. Es war zwar Sommer, doch trotzdem waren die Nächte in Deutschland kühl. Sie musste nicht weit laufen, der Mantel hing direkt neben der Glastür und sie schloss nicht mal die Tür. Im dunkeln Haus tastete sie nach dem Haken, an dem dieser hing. Kein Mondlicht drang ins Haus und so war es dort dunkel und das Licht einzuschalten war für sie keine Option, sie mochte es nicht. Sie fand den metallenen Hacken und nicht zum ersten Mal schnitt sie sich an dessen scharfen Kanten. Sie spürte, wie warmes Blut aus ihrer verletzten Fingerkuppel floss, aber es machte ihr nichts aus. Nicht mehr. Ohne sich weiter Gedanken darum zu machen, zog sie sich den Mantel über ihre Schultern. Niemals zog sie ihn ganz an. Sie wollte ja nicht das Haus verlassen, sondern sich nur vor der Kälte draußen schützen. Ihre Finger schlossen sich um die Glastür, an der gleichen Stelle, wo sie es immer taten, und sie schloss diese langsam hinter sich und ließ sich auf einen der beiden Plastikstühle sinken. Der Himmel hat sich leicht erhellt. Eine Nacht mehr war nun vorbei. Noch konnte sie zwar die Sonne nicht erkennen, doch würde sie kommen. Auf die Dunkelheit fixiert blieb sie sitzen, bis die ersten Sonnenstrahlen durch die Äste der Bäume strahlten und auf den Balkon trafen, dann erhob sie sich und öffnete wieder die Glastür. In der Wohnung war es noch dunkel, doch das würde sich auch bald ändern. Routiniert ließ sie langsam die Rollos der Balkonfenster und der Balkontür herunter und ging dann der Reihe nach durch alle Räume und dunkelte sie ab, bis wirklich durch keines der Fenster Licht in das Haus eintreten konnte. Ohne nochmals ihre Arbeit zu begutachten, durchquerte sie das dunkle Haus bis zum Wohnzimmer und setzte sich dann auf ihre Couch. Und wartete und wartete auf ihn.

Ein Schlüssel wurde ins Schloss gesteckt und mehrmals gedreht. Die Tür öffnete sich langsam. Licht durchflutete den Raum. Beleuchtete die alten verdreckten Fließen auf dem Boden und den Müll darauf. Schritte hallten durch den Raum und die Tür schloss sich wieder. Eine Hand suchte nach einem Schalter und eine alte Glühbirne auf der Decke blinkte mehrmals, hätte es fast schon geschafft, erlosch dann aber wieder. „Du brauchst hier wieder mal eine neue Glühbirne", sagte die Stimme eines jungen Manns: „Ich bring dir morgen eine mit, dann können wir sie zusammen auswechseln". Im Haus blieb es still. Müll vom Boden wurde zur Seite geschoben und so eine Gasse in der Mitte des Raumes gebildet. Ein Schlüssel wurde auf eine Kommode gelegt, nur wenige Zentimeter von dem hineingeschlagenen Loch in der Mitte entfernt. „Mum!", hallte die Stimme des Mannes wieder durch das Haus, aber es blieb still. „Rede mit mir", forderte er sie auf, doch nichts rührte sich. Der Mann ging weiter und blieb vor der ersten Tür rechts von ihm stehen. Er wollte, hingen seinem Ekel, die Türklinke herunterdrücken, doch die Tür stand einen Spalt offen und er stieß sie mit seinem Stiefel auf. Auch der Raum vor ihm war dunkel, doch hier ging zumindest das Licht. Die Glühbirne hing auf Kopfhöhe von der Decke herab und schwang leicht, doch leuchtete sie. Die Tür krachte gegen eine große Gasflasche auf dem Boden. Ein Riss breitete sich aus und er befürchtete schon, sie würde ganz auseinanderbrechen, doch noch hielt sie. Die Gasflasche fiel um und wirbelte Staub hoch. Hier war sie nicht. Er wendete sich von der Küche ab. Ignorierte den offenen Kühlschrank und den leckenden Wasserhahn sowie die umgefallene Gasflasche, die gewiss leer war. Er schloss nicht mal die Tür und ging weiter. Die Tür gegenüber stand ebenfalls leicht offen, nur diesmal öffnete er sie behutsamer. Auch im Wohnzimmer war es dunkel und er öffnete das Licht. Auch diese Glühbirne brauchte mehrere Versuche, leuchtete aber. Er betrat den Raum und fand sie dort. Sie saß abwesend auf der Couch und starrte ins Nichts. Sicherheitshalber ging er zu ihr hin und tastete nach ihrem Puls. Beruhigt wendete er sich dem Zimmer zu. Der Besen lag immer noch dort, wo er ihn das letzte Mal hingelegt hatte. Er befreite den Griff vom Staub und fing an den Boden zu kehren. Seine Mutter beachtete ihn weiter nicht. Unzählige zerbrochene Flaschen und Gläser bedeckten mit Müll jeglicher Art den Boden. Er kehrte alles in eine Zimmerecke zusammen und wendete sich wieder an seine Mutter. Sie saß immer noch unbewegt und starrte vor sich hin. Er setzte sich vor ihr hin und sah ihr tief in die Augen. Sie zeigte keinerlei Reaktion. Er legte seine Hand auf ihre Schultern. „So geht es nicht weiter", sagte er laut. Doch sie war nicht da. Sie war gedanklich an jenem schrecklichen Tag.

Der Donner halte laut und der Blitz schlug wenige Sekunden später in der Nähe ein. Trotz des schlechten Wetters saßen sie auf dem Balkon. Regen prasselte auf das Dach und auch an den Rand vom Balkon. Sie saß direkt neben der Glastür, ihr Mann weniger als einen Meter entfernt ebenfalls auf einen Plastikstuhl. Drinnen waren ihre Kinder. Ihre 14-jährige Tochter und ihr 9-jähriger Sohn spielten zusammen eine eigene Variation von Mensch-Ärger-Dich-Nicht unter dem flackernden Kerzenlicht, so mochten sie es am liebsten. Sie wendete sich von ihren Kindern ab. Der Sonnenuntergang gehörte ihr und ihrem Mann alleine. Gegen-

seitig in den Armen beobachteten sie, wie an jeden Abend zuvor, wie die Sonne langsam Stück für Stück sank und immer mehr von den Bäumen verdeckt wurde. Es wurde dunkel um sie herum. Sie stand auf. Es war Zeit für die Kinder ins Bett zu gehen. Sie öffnete langsam die Glastür und schob sie hinter sich schnell wieder zu. Drinnen brannte Licht und sie wollte keine Mücken anlocken. Sie trat in die Küche hinein und beobachtete von der Tür aus. Ihre Tochter Christina gewann haushoch, aber ihr Sohn Julian spielte erbittert weiter. Christina hatte zwar bereits drei Zielfelder belegt, zwei mehr als ihr Bruder, aber Julian hatte gerade ihren Letzten wenige Felder vor dem Zielfeld geschlagen und seine Chancen deutlich verbessert. Sie sah eine gute Gelegenheit das Spiel zu unterbrechen und kam auf die Kinder zu: „Es ist Zeit ins Bett zu gehen!". „Oh! Nein!", kam es von beiden gleichzeitig: „Es ist doch noch früh". Sie ließ nicht mit sich diskutieren: „Sofort hoch ins Bett. Und wehe ich erwische euch mit euren Straßenklamotten im Bett". Eher unfreiwillig packten Christina und Julian das Spiel zusammen. „Seit vorsichtig damit, es war teuer", mahnte sie noch und drehte sich zur Küche um. Das Gas was mal wieder aus. Ihr Mann hatte zwar die Gasflasche bereits abmontiert, aber eine neue mussten sie noch nach dem Wochenende kaufen. Sie wagte sich nicht an die Unordnung in der Küche. Zumindest noch nicht. Das konnte ja noch bis morgen warten. „Zieht eure Schuhe aus, sonst lasse ich euch das sauber machen", schrie sie den Kindern hinterher und hoffte das sie gehört wurde. Sie seufzte und pustete die Kerze auf dem Küchentisch aus. Die Dunkelheit umfing sie. Sie schloss die Tür und wollte sich in Richtung Balkon wenden, blieb dann doch noch ste-

hen. Sie sollte nochmals nach den Kindern sehen, mahnte ihr Muttersinn. Langsam und bedacht keine Geräusche zu verursachen schlich sie nach oben. Bewusst wich sie knarrenden Stufen aus und vermied jeden anderen verräterischen Laut. Kurz vor der Tür zum Kinderzimmer blieb sie stehen und beobachtete lautlos die Kinder. Die Schuhe hatten sie ausgezogen und auch das Nachthemd angezogen, doch im Bett waren sie noch lange nicht. Sie hatten eine andere Kerze angezündet und spielten ihr Spiel weiter. Ein Lächeln erschien auf ihrem Gesicht. Die Kinder hatten ihre Sturheit geerbt. Sie wartete noch etwas, um sicherzugehen, dass die Kinder in das Spiel vertieft sind, und rannte schreiend in das Zimmer hinein: „Ich habe gewonnen! Ich habe gewonnen". Gleichzeitig ließ sie die Kerze erlöschen. Im ersten Moment waren Christina und Julian einfach nur geschockt. Im nächsten sprang Julian auf und sprang in sein Bett. Christina wich derweil erschrocken nach hinten und stieß gegen ihr Bett. „Hab ich euch nicht gesagt, dass ihr schlafen sollt", schimpfte sie. Sie bückte sich hinab zu Julian und küsste ihn auf die Stirn. „Gute Nacht" sagte sie leise. „Gute Nacht, Mum", antwortete er. Sie deckte ihn nochmals richtig zu und wendete sich an Christina. Auch sie lag mittlerweile in ihrem Bett und auch sie bekam einen Kuss auf die Stirn. „Gute Nacht, Schatz", flüsterte sie ihr zu und wollte sich abwenden. Christina hob den Kopf: „Warum bekommt ihr noch Besuch?", fragte sie. Joelle drehte sich um. „Besuch?", fragte sie: „Wir bekommen keinen Besuch". Christina dreht sich zur Seite: „Na dann halt nicht", wispert sie leise. Verwundert stieg Joelle die Treppen herunter und widmete sich endlich ihrem Mann und öffnete die Glas-

tür zum Balkon. Ein eiserner Hauch wehte durch das Haus, kämpfte aussichtslos gegen die Wärme drinnen und versagte, als sie die gläserne Tür wieder zuzog. Mit der noch warmen Kerze in der Hand setzte sie sich zu ihrem Mann. „Wie wars heute?", fragte sie an ihn gewannt und legte die Kerze auf die Balkonfassade. „Grauenvoll", antwortete dieser knapp, aber Joelle wusste, dass es mehr war und er sprechen wollte. Sie pustete in Richtung der Kerze, der schwarze Docht begann zu Glühen und eine Flamme loderte auf. Sie drehte sich zu ihm und forschte weiter: „Warum?". Ihr Mann runzelte die Stirn. Man sah ihm an, dass er überarbeitet war, aber jetzt war ja Wochenende. „Es herrscht Krieg. Ein grausamer Krieg zwischen dem Tod und dem Sand", erwiderte er. „Was!", schrie Joelle überrascht und stotterte dann weiter: „Du musst doch nicht … doch nicht … kämpfen?" „Nein", beruhigt sie ihr Mann: „Es ist kein richtiger Krieg. Es gibt keine Sandbändiger. Zumindest nicht mehr. Aber irgendwas tötet jede Nacht hunderte Todesbändiger und hinterlässt nichts außer Sand … und Leichen". Sie kam näher an ihm. „Was ist mit uns?", erkundigt sie sich. „Ich kann euch beschützen!", tröstete er sie. „Das sagst du doch nur, damit ich mich besser fühle und mir weniger Sorgen mache", behauptete sie. „Und hilft es?", antwortete er lächelnd und nahm sie in den Arm: „Wir schaffen das schon. Ich kam später, weil ich noch einkaufen war". Er kramte in seiner Tasche und brachte vier Tickets hervor. „Morgen brechen wir auf. Wir bleiben bei meinen Eltern, bis sich die Lage beruhigt hat", informierte er sie. „Ist es so schlimm? Wie viele sind es bereits?", verlangte sie zu wissen. „Wir finden jeden Tag mehr, heute hat es die zweitausend Marke überschritten. Die höchste Alarmstufe der Regierung wurde ausgerufen. Jeder der kann, flüchtet in die Lande des Todes. In Sicherheit. Jeder der nicht kann woanders hin. Die Regierung tut alles um den Mörder aufzuhalten", berichtete er. Sie stand auf und meinte: „Wenn wir aufbrechen, muss ich packen". Er sah ihr tief in die Augen: „Bleib bitte noch, ich kann dann nicht mehr bei euch bleiben. Sie brauchen mich". „Ich doch auch", flehte sie ihn an: „Ich brauch dich und auch die Kinder. Wie sollen wir das schaffen? Wie sollen ich und Julian als Feuerbändiger auskommen ohne dich? Wie sollen wir Christina beschützen?" Er stand auf und kam auf sie zu: „Es tut mir so leid Schatz. Wenn ich euch beschützen soll, dann muss ich den Mörder finden. Nur so kann ich euch beschützen. Euch und alle anderen Bändiger des Todes. Nicht nur unsere Kinder, sondern alle Kinder und Erwachsene. Es sind so viele tote Bändiger, auch Kinder". Er nahm sie in den Arm. „Ich komme so schnell, wie ich nur kann wieder zu euch zurück. Und ihr seid nicht alleine. Ich habe arrangiert, dass ihr Leibwächter bekommt. Die kommen morgen früh zum Haus und werden euch dann auf Schritt und Tritt folgen. Ihr habt nichts zu befürchten" Joelle antwortete nicht, doch sie setzte sich wieder hin. Sie würde bleiben. Tapfer strich sie sich die Tränen vom Gesicht. Es gab keinen Grund zur Sorge. Keinen Grund für Angst oder für Zweifel. Sie würden es schaffen, wie auch immer zuvor. Sie mussten es schaffen. Sie beobachtete die Kerze auf der Balkonfassade, wie diese beruhigend hin und her schwankte. Sie ließ die Flamme größer und höher werden. Ließ sie von der einen Seite auf die Andere schwanken. Ihr Mann begann zu summen. Es war ein

Lied über den Tod. Vollgepackt mit der Macht des Todes. Der Ton drang in einen ein und übernahm die Kontrolle über einen. Das Summen wurde lauter und alle Geräusche um sie herum verstummten. Das Summen durchdrang alles und verbreitete den Tod. Es war das Lied des Todes. Und der Grund, warum sie so weit abseits von allen wohnten. Plötzlich hörte er mitten im Lied auf. „Hier ist jemand außer uns vier", wisperte er ihr zu. Sie sprang auf. „Wir müssen zusammenbleiben", meinte er. Sie nickte. Sie formte eine Flammenkugel in ihrer Hand. Sie würde alles tun, um ihre Kinder zu beschützen. Selbst das Haus abfackeln. Sie umklammerte die Glastür und schob sie langsam auf. Ein Lufthauch wehte durch das Haus, ließ die Kerze erlöschen und nagte an der Flammenkugel in ihrer Hand. Ihr Mann schoss die Tür hinter ihr. Er symbolisierte ihr, dass er vorging. Sie zeigte nach oben. Sie musste nach den Kindern sehen. Lautlos schlichen sie nach oben. Sie ließ die Kerze wieder brennen und schlich im matten Schein ihrem Mann hinterher. Angekommen im oberen Stockwerk hielt sie ihren Mann an der Schulter fest und zwang ihm zum Stillstehen. Die Flammenkugel in ihrer Hand teilte sich auf und verbreitete Licht im gesamten Gang. Die Tür des Kinderzimmers stand offen und weitere Feuerkugeln flogen hinein. Auch dort war niemand, außer den Kindern Hinter sich schloss sie die Tür und wendete sich an die Kinder. Sie schliefen tief und fest. Sie schüttelte sie nacheinander wach und bedeutete ihnen still zu sein. Währenddessen hatte ihr Mann den Boden des Schrankes freigeräumt und die Platte durchgeschlagen und holte daraus ein altes Schwert und mehrere Messer heraus. Allesamt aus schwarzer Materie. Joelle gab jedem der Kin-

der eins. „Jemand ist im Haus. Jemand böses", verriet sie ihnen leise. Schrecken bildet sich auf ihren Gesichtern ab. „Ihr bleibt hier, während ich nachschaue", meinte ihr Mann. „Während wir nachschauen", verbesserte ihn Joelle. Ihr Mann warf ihr einen warnenden Blick zu, welchen sie ignorierte. Sie öffnete, ohne weiter mit ihm zu diskutieren, die Tür. Unzählige Feuerkugeln bereiten sich im gesamten Haus aus. „Was soll das!", meinte ihr Mann: „Jetzt weiß er, dass wir hier sind!". „Er weiß, dass wir hier sind. Sonst wäre er nicht da", antwortete sie schulterzuckend: „Jetzt können wir ihn *besser sehen". Er nickte nur. Außer dem Kinderzimmer gab es einen weiteren Raum im Obergeschoss. Ihr Schlafzimmer. Leise schlichen sie sich bis vor die Tür und stellten sich dann rechts und links daneben auf. Joelle war auf der Seite der Türklinke und drückte diese langsam herunter und stieß die Tür dann mit einem Ruck auf. Gleichzeitig sprang ihr Mann vor die Tür und stürmte das leere Zimmer. Auch hier war niemand. „Obergeschoss gesäubert", dachte sie. Auch im Schlafzimmer hatten sie für den Notfall ein paar bescheidene Waffen versteckt, darunter auch ein Maschinengewehr, welches ihr Mann in ihre Hand drückte. Sie verließ den Raum und blieb im hell erleuchteten Gang stehen, während ihr Mann den Rest ihres Waffenarsenals überprüfte. „Hier liegt Sand auf dem Boden", rief er ihr hinüber und ihr Herz machte einen Sprung. Der Sandbändiger, er war wirklich hier. Ihr Mann kam aus dem Zimmer und stellte sich neben sie. „Ich rufe jetzt an und bestelle Unterstützung", erklärte er, während er seinen Kristall herauskramte. Der Kristall erkannte, wen er erreichen wollte und stellte automatisch eine Verbindung her. Doch brach das Si-*

gnal plötzlich ab. Risse bildeten sich auf der Oberfläche des Kristalls und er zerbrach vollkommen. „Wir sind auf uns alleine gestellt", knurrte er und warf die Splitter weg von sich, welche auf dem Boden in Form von Sand landeten. Joelle meinte: „Wir gehen runter und durchsuchen alle Räume, fangen wir an mi-". Sie wurde unterbrochen von einem Rumpeln, das aus dem Untergeschoss aus kam. „LOS! LOS!" bellte ihr Mann und rannte auch schon die Treppe herab. Sie folgte ihm so schnell wie nur möglich. Er hielt am Ende der Treppe an und wendete sich an sie: „Ich spüre ihn ganz deutlich und er ist stark. Geh zu den Kindern". „Nein! Wir machen das zusammen!", bestand sie: „Zwei Bändiger sind stärker als einer". In dem Moment hörten sie die Küchentür ins Schloss fallen und ihr Mann rannte los. Sie hinterher. Er wollte die Tür rammen, um sie aufzubrechen, doch das Wedeln ihrer Hand ließ die Tür einfach als Asche in sich zusammenfallen, und sie hasteten beide in den Raum. Auch hier fanden sie nur eine kleine Sandspur und nichts weiter. Ihr Mann schlug mit der Faust gegen den Küchentisch: „Der spielt mit uns". Er drehte sich zu ihr um: „Geh du hoch zu den Kindern. Ich suche hier weiter". Sie senkte den Kopf: „Pass auf dich auf, Schatz", dann drehte sie sich um und verließ den Raum, als ein lautes Kreischen durch das Haus hallte. Mit der Waffe in den Händen rannte sie die Treppe hinauf zum Kinderzimmer. Doch sie war zu spät. Er war bereits dort gewesen. Julian weinte und wimmerte leise in der Zimmerecke, doch Christina ging es schlechter. „Ich habe … habe … ihn erwi … scht", stotterte sie und stürzte auf dem Boden. Ihr gesamter Körper war von Wunden überseht, in einer steckte noch das Messer. Das

Messer, das sie ihr vorhin gegeben hatte. Joelle schrie verzweifelt auf und rannte zu ihr. Mit all ihrer Zauberkraft wirkte sie Heilsprüche, doch nichts passierte. Sie konnte die Wunden nicht schließen. Niemand konnte sie schließen. Nichts konnte sie schließen. Nicht mit dem Messer, von dem sie verursacht worden waren. Joelle umklammerte ihr Gesicht: „Schatz! Schatz! Du schaffst es!". Ihr eines Auge blickte sie teilnahmslos an. Aus dem anderen lief einfach nur Blut. Joelles Augen färbten sich rot. Rot wie das Feuer. „Mum!", krächzte ihre Tochter, hatte aber nicht mehr die Kraft weiterzureden. Jemals wieder weiterzureden. Joelle hielt nur noch ihren toten Körper in den Händen. Das Feuer in ihren Augen loderte auf. Sie stand langsam auf. Mehrere Feuerkugeln bildeten sich in ihrer Hand. „Worauf wartest du. Lass uns ihn finden!", brüllte sie ihn an. Geschockt mustere ihr Mann sie. Drehte sich dann ab und ging bei Julian in die Knie: „Schatz, gehst dir gut?", wollte er wissen. Der Junge antwortete nicht. „Joelle du bleibst beim Jungen. Ich gehe nach unten", wies er sie an. „Nein", antwortete sie stur. Er stand auf und ging auf sie zu. „Ich habe dir schon einmal gesagt, bleib bei den Kindern. Was wäre passiert, wenn du hier geblieben wärst?", fragte er sie. Sie fing an zu schluchzen und er merkte, dass er zu weit gegangen war. Er wollte sie in die Arme schließen, doch sie trat zurück. „Dann töte ihn", meinte sie niederträchtig und wendete sich an Julian. Ihr Mann blieb noch wenige Augenblicke dort stehen und verließ dann den Raum.

Sie sah ihn nie wieder lebendig.

Mittlerweile war ihr Sohn wieder gegangen und auch die Sonne näherte sich dem Horizont. Joelle saß immer noch alleine auf ihrer Couch. Mit ihren verdreckten und verstaubten und stinkenden Klamotten und ihrer verwüsteten Frisur. Mit ihrem abwesenden Blick. Vor ihr auf dem frisch abgewischten Tisch lag ein Tablett mit kaltem Essen. Doch sie wollte nicht essen. Sie hatte keinen Hunger. Keinen Durst. Keine Freunde. Keine Hoffnungen. Keinen Sinn. Keine Lust. Nichts. Doch essen und trinken musste sie um ihren Körper aufrechtzuerhalten. Nachdem sie das Essen gedankenverloren zu sich genommen hat, erhob sie sich und ging in Richtung Balkon. Sie öffnete die gläserne Tür und setzte sich auf den Plastikstuhl bei der Tür. Saß dort im Kerzenschein und beobachtete die Sonne beim Untergehen. Sah wieder in Gedanken vor sich, was damals passierte. Sie fröstelte. Heute war ihr früher kalt. So wie jeden Abend öffnete sie die Glastür. Ihr Mantel hing ganz in der Nähe an einem Hacken an der Wand. Im Dunkeln tastete sie sich langsam vor. Sie machten nie Licht. Sie mochte es nicht. Sie fand den metallenen Hacken an der Wand und schnitt sich nicht zum ersten Mal daran. Den Schmerz fühlte sie nicht mal mehr. Warmes Blut lief aus ihrer Fingerkuppel, während sie sich ihren Mantel überzog. Niemals zog sie ihn an. Sie wollte ja nicht das Haus verlassen, sondern sich nur wärmen. Joelle trat wieder heraus. Obwohl ihr immer noch kalt war, verwarf sie die Gedanken, ihren Mantel anzuziehen oder sich einen dickeren zu hohlen. So wie jede Nacht. Aber heute Nacht war es kälter, als zuvor. Kälter als normalerweise im Juli, kälter als im Winter. Leicht verwundert dachte sie darüber nach sie doch eine dickere Jacke zu hohlen, es wäre das erste Mal. Plötzlich erlosch die Kerze vor ihr und sie spürte eine Anwesenheit. Eine bekannte Anwesenheit. Nein, nur eine Ähnliche. Sie stand auf und sah sich verwundert um. Wer konnte das sein? Sie hatte jahrelang keinen Besuch gehabt, abgesehen von ihrem Sohn. Sie verließ den Balkon und ging in Richtung Tür, um vor der Haustür nachzusehen, ob dort jemand war. Kopfschüttelnd schloss sie die Tür wieder ab. Doch weiterhin wusste sie, dass dort jemand war. Ein kalter Windstoß wehte durch das Haus und brachte sie zum Zittern. Sie brauchte nur kurz zu überlegen: Alle Fenster waren zu und die Balkontür hatte sie auch abgeschlossen. Es war ein Bändiger der Luft, genauer des Windes. Das konnte turbulent werden. Sie lächelte. Zum ersten Mal seit damals. Adrenalin loderte in ihr auf und eine Flammenkugel entstand in ihrer Handfläche. Sie hasste Eindringlinge. Sie hasste andere Bändiger. Langsam schlich sie durchs Haus, begleitet von einem Hauch eiskalter Luft. Verunsichert, nachdem sie niemanden gefunden hatte, setzte sie sich an den Küchentisch, auf dem immer noch das Wachs von der Kerze, drauf war, die geleuchtet hatte, als ihre Kinder dort spielten. Auf einmal hörte sie auf sich zukommende Schritte auf dem Boden. Verwundert drehte sie sich um und blickte in eine Fratze aus Eis. Sie hatte sich geirrt. Es war kein Bändiger des Windes, sondern einer des Eises. Und zwar nicht irgendeiner. Kein Eisbändiger wagte es in die Welt der Menschen zu reisen. Alle blieben sie in ihrer eigenen Welt, alle bis auf einen: Kälte. Kälte kam auf sie zu: „Du brauchst keine Angst zu haben". Doch sie verstärkte nur die Flamme in ihrer Hand. Ein dritter Stuhl, diesmal aus Eis, bildete sich beim Tisch und Kälte nahm Platz. „Du hast Probleme", meinte es und blickte sie an. Sie blieb still, erwiderte aber seinen Blick. „Du willst Rache", fuhr es fort: „Ich kann dir helfen, sie zu bekommen". „Ich brauche nicht die Hilfe von einem Eisbändiger", antwortete sie niederträchtig. „Joelle, Joelle. Vergiss dich nicht", warnte es sie: „Ich kann dir helfen, deine Rache an ihm zu bekommen". „Und was springt dabei für dich heraus?", wollte sie wissen. „Nichts", antwortete es: „Oder, eigentlich schon, ich bin ihn dann los". Es lächelte und auch ihre trauriges Gesicht wich einem Lächeln. Ihre fast vollständig erloschene innere Flamme flammte wieder auf.

18

Der Ausbruch

Anfang Juni 2016

Den Blick auf den Sandboden unter ihnen fixiert, blickte sie aus dem kleinen Fenster des Helikopters. In alle Richtungen gab es nichts außer Sand, soweit das Auge reichte. In allen Richtungen vereinte sich der Horizont mit den weiten Sandebenen. Nur vor ihnen störte ein kleiner, halb eingestürzter Turm die Aussicht. Ihr Ziel. „Wir sind in weniger als fünf Minuten da", kam die Stimme des Piloten durch die Lautsprecher über ihr. Sie nickte und blickte den Bändiger neben ihr an. Die Eisaugen blickten sie teilnahmslos an und waren nur schwer vom Kopf aus Eis zu unterscheiden. Leise knackend bildete sich ein Mundschlund: „Vergiss nicht, du musst das nicht tun. Wir könnten es auch alleine schaffen. Ich kann dir nur bis zum Portal helfen. Ab dann bist du auf die selbst gestellt". „Ich bin bereit", meinte sie nur und drehte den Kopf wieder in Richtung Fenster, als der Helikopter plötzlich einen Ruck machte und die Motorgeräusche vollständig verstummten. Sie sah den Piloten auf das Armaturenbrett schlagen, auf welchem alle Anzeigen wie wild leuchteten oder sich im Kreis drehten. „Ich kann den Heli nicht kontrollieren", erreichte sie die verzweifelte Stimme des Piloten. Der Rotor über ihnen wurde schnell langsamer und sie verloren immer schneller an Höhe. „Warum bezahle ich dich überhaupt, wenn du nichts kannst", schrie Kälte, seine Hand verformte sich zu einer Spitze, welche er durch den Sitz des Piloten in diesen stieß. Der Pilot stammelte noch ein paar unverständliche Wörter, bevor er gefror. Joelle wendete sich ab. Sie hatte sich immer noch nicht gewöhnt, Menschen beim Sterben zuzusehen, würde es wohl auch niemals tun. Ihre Haut wurde zu schwarzer Asche und löste sich danach vollkommen auf und zurück blieb nur noch das Feuer. So war sie gewappnet. Gewappnet für den Aufprall, welcher jeden normalen Menschen zerschmettert hätte. Auch Kälte neben ihr verblasste. Sein Panzer aus Eis löste sich auf und es blieb nur ein kalter Hauch zurück, ebenfalls durch keine physische Kraft zu zerstören. Währenddessen verlor der Helikopter die Balance und begann sich schneller und schneller zu drehen. Alles um sie herum wurde hin und her geworfen, nur sie nicht. Ihr Blick wendete sich wieder dem Fenster zu. Der Sandboden erschien mal oben, mal unten oder am Rand, kam aber immer näher auf sie zu. Sie erkannte, dass es mehr war als nur ein Boden aus Sand. Sah umgestürzte Pfeiler aus dem Boden herausragen. Ein umgestürzter, zerfallener Abschnitt einer Mauer. Sah Skelette, Knochen und Schädel auf dem Boden liegen. Teils von Menschen. Teils von Bändigern. Teils aus Sand. Sie sah die Überreste des Kriegs, welcher hier gewütet hatte. Mit einem ohrenbetäubenden Knall traf der Helikopter den Boden und sank sofort in diesen hinein. Die Wände des Innenraums und des Cockpits kämpften gegen die Kraft, die Wucht des Aufpralls an, versagten jedoch haushoch und der gesamte Innenbereich wurde zusammengedrückt. Für einen Moment überrannte sie die Angst. Durch den Aufprall war alles zusammengepresst worden und so war die Luft verdrängt. Sie befürchtete als Feuer nicht ohne Sauerstoff brennen zu können und zu erlöschen, doch nichts der Gleichen passierte. Eines von vielen Wundern der Magie. Ihr war es nur recht. Sie brannte sich einen Weg heraus und merkte beruhigt einen kalten Hauch um sie herum. Wenige Meter von der Ruine des Helikopters entfernt blieb sie stehen und ließ sich auf dem Boden fallen. Die Flammen auf ihrer Haut verschwanden und es blieb nur Asche übrig. Anfangs ohne die Form ihres Körpers. Ohne die Form eines Körpers, doch mit der Zeit formte sie ihren eigenen Körper. Sie wartete noch etwas, immer noch auf dem Boden liegend, bis sich Knochen, Organe, Muskeln, ihre Haut und alles andere wichtige an einem Körper gebildet hatte, um dann wieder aufzustehen. Erschöpft blickte sie sich um. Kälte war schon längst wieder in seine ursprüngliche Form, obwohl sie nicht verstand, warum es die zahlreichen Wunden, allesamt durch schwarzer Materie zugefügt, so deutlich hervorhob. „Wir sind noch zwei Kilometer entfernt", erzählte es ihr. „Ja, das werden wir ja sicherlich schaffen. Es dauert halt nur etwas länger", erwiderte sie. Kälte schaute strikt in eine Richtung. Es schüttelte den Kopf:„Es wird nicht so einfach, wie du dir denkst. Wir sind nicht allein".

Plötzlich hörte ihr Mann auf zu summen. „Wir sind nicht allein", wisperte er ihr zu. Sie sprang auf und bildete eine Flammenkugel in ihrer Hand.

Verwundert blickte sie in ihre eigene Hand, in der eine Flammenkugel loderte. War sie das gewesen? Sie spürte eine Hand auf ihrer Schulter. Unerwarteterweise nicht kalt. „Du musst dich davon losreißen", meinte Kälte und ließ sie wieder los. Die Flammenkugel in ihrer Hand löste sich wieder auf. Sie schloss die Augen und atmete tief ein: „Wer ist hier?". „Ich weiß es nicht", kam die Antwort prompt von Kälte: „aber außer Wesen des Sandes kann es nichts sein. Kein anderes Wesen würde sich hierher verirren". Sie blickte ihn verwundert an. „Wesen des Sandes? Die sind doch alle tot?", fragte sie nach. „Humbug",brüllte Kälte: „Humbug! Irrglaube! Lüge! Es gab Krieg. Es gab viele Tote. Tote Sandbändiger, aber keine Sandwesen. Ohne Sandbändiger, die ihnen Einheit bieten, gibt es nun noch mehr Sandwesen". Unsicher blickte sie sich um. Es stimmte: Sie waren nicht alleine. Um genauer zu sein, waren sie umzingelt. Ohne es überhaupt davor zu merken. „Keine hastigen Bewegungen", meinte Kälte: „Die meisten Raubtiere reagieren auf hastige Bewegungen, aber man weiß nie". Joelle trat langsam auf ihm zu. Es konnte sie beschützen, wenn sie selbst es nicht könnte, nur wusste sie nicht, ob es dies auch tun würde. „Hinter dir", wisperte es ihr zu und sie drehte sich langsam um. Vom Osten aus kam ein Sandsturm auf sie zu. „Sie hohlen Verstärkung", erklärte es ihr: „Wir müssen weg sein, bevor sie kommen. Bestenfalls schon beim Portal. Bei drei rennen wir". Er zeigte ihr stumm eine Eins und hob währenddessen seine Hand, zeigte kurz eine Zwei und senkte kurz seine Hände. Sie spürte, wie die gesamte Umgebung abkühlte und eine gewaltige eiskalte Windböe an ihr schleifte und auch den Sand durcheinanderwirbelte. Sie konnte Wesen erkennen, welche aber im gleichen Moment zerfetzt wurden. Sie sah,wie Kälte einen dritten Finger streckte, und rannte los. Halb zerfetzte Wesen versuchten sie zu packen, doch reichte ein kurzer Flammenhieb, um sie davon abzuhalten. Sie sah die ersten Säulen auf sich zukommen und rannte noch schneller. Schneller als jeder Mensch, schneller als jemals zuvor. Der Boden unter ihr veränderte sich. Der Sand wurde immer fester und bildete einen stabilen Boden unter ihr. Joelle spürte Kälte an ihrer Seite. Genauso schnell wie sie auch. Aber da waren die anderen Wesen. Tausende aus allen Richtungen kommend. Sie spürte die uralte Magie des Portals ganz in der Nähe und sah auch schon das Tor. Die einst verschlossene Tür schütze schon lange nicht mehr. Von dem einem Torflügel standen nur noch Bruchstücke, aber vom anderen war nichts mehr übrig. Doch Joelle spürte, dass das Tor nicht die einige Barriere zwischen ihnen und dem Portal war. Eine Kraft zerrte an ihn, versuchte sie vom Portal vertreiben. Nicht nur sie, sondern jeden und alles Magische um sie herum. Die Sandwesen um sie herum flohen. Sie kamen nicht gegen die Kraft an, die ihnen seit jeher Widerstand leistete, aber auch Joelle befürchtete es nicht zu schaffen. Je näher sie kam, desto stärker wurde die Kraft, die sie aufhielt. Sie schien gegen eine imaginäre Wand zu laufen und dabei sogar zu gewinnen. Sie stand bereits im Schatten des Tores und konnte auch schon mehr aus dem Inneren erkennen. Erschöpft und innerlicher zerstreut blieb sie im Innenraum stehen. Sie hatte es geschafft. Sie hatte den uralten Kräften getrotzt und war eingedrungen. Sie sah sich nach Kälte um, während jeder ihrer Schritte haufenweise Staub aufwirbelte. Auch es hatte es geschafft in den Raum einzudringen, doch es schien ihr, als ob es ihm schwergefallen war, als ihr. „Zurück geht's noch nicht", meinte es schulterzuckend und zeigte auf die tausenden Sandwesen, welche verzweifelt gegen die Barriere ankämpften. Verängstigt wendete sie sich von den Wesen ab und blickte nach vorne. Groß war der Raum, in dem sie sich befanden, nicht, aber trotzdem einschüchternd. Teile der Wände und des Dachs waren eingestürzt und ließen so schaurige Lichtstrahlen in den Raum strahlen. Fliegend Sandwesen flogen hoch über dem Gemäuer und warfen wandelnde Schatten in den düsteren Raum. Auf Wänden und Böden zeigten alte, großteils durch Risse zerstörte oder von Staub bedeckte Reliefs in den Mittelpunkt des Raums. Dort im Zentrum befand sich der Grund für ihr kommen und die beschwerliche Reise. Es war das Portal, das letzte bekannte funktionierende Portal, in das Land des Sandes, in die endlose Wüste, dem Reich der Sandbänder, in die heilige Stadt. Vier Säulen, jeweils aus einer anderen Art von Sand, ragten bis zur Decke hinauf. Dazwischen fiel der Boden spiralförmig ab und verschwand in der vollkommenen Dunkelheit. Seit Jahren hatte niemand mehr das Portal benutzt. In keine Richtung. So war auch dort alles von einer Schicht Staub bedeckt. Ohne noch mehr Zeit zu verlieren, trat sie auf das Portal zu und sprang in die Finsternis hinein. Empfangen wurde sie im gleichen Moment von ihren Gedanken. Sie wusste nicht, ob das Portal überhaupt funktionierte oder ob sie einfach nur am Ende der Spirale stecken bleiben würde. Sie hatte nicht daran gedacht, ihre Umgebung nach Fallen zu durchsuchen. Die Spirale musste nicht mal das Portal sein. Unten könnte anstatt dem Reich der Sandbändiger der Tod lauern. Doch irgendwie wusste sie, dass ihr keine Gefahr auflauerte und sie gab die Gedanken daran, was sie alles nicht getan hatte auf, als sie spürte, wie ihr Körper sich langsam veränderte. Sie hörte nur noch, wie Kälte hinter ihr sprang.

Langsam, vorsichtig und zögernd öffnete sie ihre Augen. Sie lag auf dem Rücken mit dem Blick gerade nach oben in den Himmel gerichtet. Der strahlend blaue Himmel, ohne eine einzige Wolke blickte auf sie herab. Sie drehte sich zu Seite, um sich vor den Strahlen der zahlreichen Sonnen zu schützen. Wie viele andere Elemente hatte auch der Sand Eigenschaften von anderen Elementen. So war es im Land des Sandes sehr warm, eigentlich die Haupteigenschaft von dem Land der Flammen und auch sehr hell, wie im Land des Lichts. Joelle ging in sich hinein um sich zu sammeln, doch sie bemerkte erschrocken, dass ihre innere Flamme vollkommen erloschen war. Woanders würde dies den Tod bedeuten, das wusste sie, doch hier konnte keine Flamme überleben. Schwerfällig stand sie auf und versuchte sich gegen Schwindel auf den Beinen zu halten. Stark geblendet sah sie sich um. Sie befand sich immer noch in der Wüste, nur dass diese Wüste bis ins unendliche weiterreichen würde. Wenige Meter von ihr entfernt, sah sie Kälte. Das Eis war geschmolzen und nur der alte vergammelte Kern vom Menschen noch übrig. Angewidert verzog sie das Gesicht, doch wusste sie auch, dass sie zu ihm musste. Sie waren schon soweit und würde den Auftrag zu Ende bringen. Sie würden die Dunkelheit erwecken. Sie würden den Urbändiger der Dunkelheit aus dem Elementkristall befreien.

So ihre Rache einleiten.

Teil 3

19

Schlechte Nachrichten

Ende Oktober 2016

Die Zeit verging wie im Flug. Jeden Tag ging sie zum Unterricht und kam schnell weiter. Sie erwarteten jede Stunde eine Extemporale, die sie in der alten Schule andauernd geschrieben hatten. Aber sie kamen nicht. Ihre Schule konnte man nicht mit einer anderen vergleichen. Man machte keine Noten von ihnen. Das hieß natürlich nicht, dass sie nicht gelobt wurden. In Kampfkunst, ihrem Lieblingsfach, hatte ihr Lehrer, Herr Montrak, ihren Stundenplan so verändert, dass sie nicht mehr gegen ihre Partnerin Verena, sondern auch gegen eine weitere Zweiergruppe kämpfen musste. Das zum Beispiel nahm sie als Kompliment. Es war ein Donnerstag, sie wusste nicht, ob es ein sonniger war oder nicht, an dem Tag verließ sie den Palast nicht, sie hatte Kampfkunst und befand sich in einem Simulationsraum. Sie und ihre drei Gegner waren in einem Labyrinth. Ihre Aufgabe war es als Letzter zu überleben, natürlich nur in Simulation. In Wirklichkeit war es ihnen verboten, sich gegenseitig zu verletzen. Das hieß aber nicht, das es nicht wehtat zu sterben. Alles sah gleich aus. Jeder Weg, jede Kreuzung und jede Sackgasse. Sie musste zugeben, sie hatte sich verlaufen. Nils, einer ihrer Gegner, war schon draußen. Er war ihr kurze Zeit nach Beginn in die Arme gelaufen, auf der Suche nach den anderen. Es blieben nur noch zwei Gegner. Verena und Leon. Sie hoffte, dass ihre Vermutung, beide hätten sich verbündet, um gegen sie zu siegen, sich nicht bestätigte. Am Anfang des Schuljahres war sie schlecht gewesen. Sehr schlecht. Ihr Ehrgeiz und ihr Selbstvertrauen hatten sie zu diesem Ergebnis geführt. Aus dem Mädchen, das zu Beginn kein Schwert hochheben konnte, hatte sich eine Killermaschine entwickelt. Sie kehrte um, um einen anderen Weg zu suchen. Dieses Labyrinth machte sie fertig. Überall diese gleich gepflasterten Böden und Wände. Dazu noch dieser unrealistisch schwarze Himmel. Sie hatte Hunger. Ihr Lehrer war so weit gegangen, sie ohne Essen zum Kampf zu schicken, damit die anderen eine Chance hätten. Sie schaute nach oben, wo mitten im Himmel eine Uhr hing. Eine Simulation eben. Fast fünfzehn Stunden hatte sie nichts gegessen. Sie wusste, dass es ein Fehler war, dauernd auf die Uhr zu schauen, aber tat es trotzdem. Sie musste sich auf den Kampf konzentrieren. Sie lehnte sich gegen die Wand aus gelbrötlichen Ziegeln um einen Moment inne zu hallten. Vorhin war ein Pfeil dicht an ihrem Ohr vorbei geflogen und sie war gerannt, so schnell, wie ihre Beine sie trugen. Sie musste nur kurz Luft hohlen. Aber sie musste auch weiter. Sie stieg eine kleine Treppe hinauf, welche sie nur eine Ebene weiter in die Höhe trieb. Sie war mitten im Zentrum des Labyrinths. Klassenkameraden hatten einmal erzählt sie hätten einen Ausgang gefunden und dort einfach gewartet, bis die Stunde vorbei war. Larissa hörte ein leises Scharren und bog einmal um die Ecke. Das Scharren wurde leiser. Sie ging noch einen Schritt und das Geräusch verschwand, ebenso wie alles andere. Es wurde schwarz um sie, jedoch stetig wieder heller. War sie gefallen? Überall im Labyrinth gab es Stolperfallen, oder gar Löcher, die aber nicht eine Ebene hinunterführten, sondern in den Tod. Nein, sie würde es fühlen, wenn sie fallen würde. Tod war sie nicht. Kleine Körner flogen ihr ins Gesicht, gar in die Augen, sodass sie sich mit ihrer Hand schützte. Kleine Sandkörner sammelten sich in ihrer Hand. Sie ging einen Schritt weiter. Etwas knackte. Der Boden war von Knochen bedeckt. Endlos vielen Knochen. Knochen soweit, wie sie nur sehen konnte. Und es waren nicht nur Menschenknochen. Sie wollte einen weiteren Schritt noch vorne gehen, doch in letzter Sekunde blieb sie stehen. Vor ihr endete abrupt die Erde und eine Schlucht bahnte sich bis in die nicht erkennbaren Tiefen. Von der anderen Seite konnte sie nichts erkennen. Oder doch. Irgendwas schien dort zu sein. Eine Brücke. Ja, es war eine halb fertige

Brücke. Am Ende stand etwas. Etwas Großes. War es eine Statue? Plötzlich drehte es sich und ein riesiges Auge blickte in ihre Richtung. Dann reckte es den Kopf in die Höhe, öffnete den Mund, aus dem endlos viele schwerterlange Zähne ragten, und heulte laut. Aus der Ferne hörte sie noch mehr Geheule. Viel mehr. Ihr Herz schlug immer schneller und schneller. Was hatte sie gesehen. Sie wusste es nicht. Sie war wieder im Labyrinth. Lehnte sich an die Wand und überlegte, um was es sich gehandelt hatte. Ein leises Scharren ertönte. Sie stieß sich von Wand ab und sah sich um. Das Scharren verschwand. Sie suchte in der Ferne. Hätte sie hinter sich geachtet, hätte sie gesehen, wie Verena sich leichtfüßig hinter ihr anschlich und den Knauf ihres Schwertes gegen den Kopf rammen wollte. Sie hatte es aber schon längst gesehen und drehte sich zur Seite, worauf der Angriff ins Leere ging. Jedoch war sie im Nachteil. Sie hatte nur einen Bogen und ein kleines Messer. Und so überlegte sie, ob es nicht besser gewesen wäre, sich treffen zu lassen. Aber nun war es vorbei. Sie hatte ihre Chance auf einen schnellen und schmerzlosen Tod versäumt. Sie wich einen weiteren Schritt nach hinten um den nächsten Schlag zu entgehen und knallte gegen die Wand. Noch mal konnte sie nicht weichen. Verena schleuderte ihr Schwert, welches sich neben ihr an die Wand bohrte. Sie wollte zur Seite, doch ein Schmerz ließ sie zusammenfahren. Verena hatte sie am Arm getroffen und kam langsam auf sie zu. Sie gab ihr freiwillig ihr eigenes Messer, damit sie ihre Absicht, sie nur bewusstlos zu machen, fortfahren konnte. Und dies tat sie zumindest.

Sie kam sofort wieder zu sich. Sie hatte verloren. Zum ersten Mal seit Wochen. Zumindest hatte Verena ihr den Schmerz genommen. Sie nahm ihren Helm ab. Nils war schon längst weg, sicherlich beim nächsten Fach. Sie ging eilig weiter in Richtung Küche. Jetzt konnte sie sich ja vorstellen. Ihr Name ist Jennifer, sie ist 14 Jahre alt und wohnt ... hier. Jennifer kam an der Eingangshalle, einer riesigen, aber altmodischen Halle vorbei. Egons Besprechungszimmertür war ein Spalt offen. Sie wollte weitergehen, blieb aber dann doch stehen. Ihre Neugier war geweckt. Leise schlich sie sich an. Drinnen hörte man Egon, der sich mit irgendeiner Frau unterhielt. Er benutzte seinen Kristall. Einen Kristall konnte man für viele Dinge benutzen. Alle Lehrer haben welche und auch Egon. Das Thema war sehr interessant. Es ging um einen Terroranschlag, wobei zwei Leute ums Leben kamen. Zwei Bilder tauchten auf. Auf den ersten Blick erkannte Jennifer sie nicht, doch dann erkannte sie ihre *Eltern*. Der Raum verschwand. Es war, als ob, alles weit weg war. „Sagen sie es ihr schonend!“, hörte sie als Letztes und rannte zur Küche.

Jennifer wollte sich ihre Verzweiflung nicht anmerken lassen. Und es gelang ihr. Es gab Würste zu essen. Sie bestellte zwei und ging langsam zurück, um sich an einen freien Tisch zu setzen. Sie sah Egon, welcher die Küche betrat und ihr entgegenkam. Sie hielt es nicht mehr aus. Jennifer nahm das Messer von ihrem Tablett, ging noch einen Schritt weiter, stellte ihr Tablett auf einen freien Platz, drehte sich um und ... schleuderte das Messer auf Egon. Sie wollte ihre Wut an ihm auslassen. War es denn Wut? Sie wusste es nicht. Sie spürte etwas, was sie noch nie auf solche Weise gespürt hatte. Es war, als ob es etwas in ihr wecken würde. Etwas anderes. Etwas nicht Menschliches. Es war keine Wut mehr. Wenn man wütend war, schleuderte man keine Messer auf jemanden. Aber konnte man Zorn so definieren? Empfand sie Zorn? Sie konnte sich nicht festlegen. Das Messer flog kurz durch die Luft und bohrte sich mitten in seine Brust. Egon öffnete überrascht die Augen und taumelte ein paar Schritte nach hinten. Aus dem Augenwinkel sah sie, dass ein paar Lehrer aufstanden und zu Egon eilten. Egons Augen wurden größer. Sie hatte ihn vollkommen überrascht. Er hatte es nicht erwartet. Einer der Lehrer sprach in seinen Kristall. Jennifer begann loszurennen. Sie ließ die Küche hinter sich. Rannte über den Marmor der Eingangshalle, der tiefe Risse bildete, die linke Wendeltreppe hinauf zu ihrem Zimmer. Überall bildeten sich Risse, als ob der Palast starb. Sie kam in ihr Zimmer, gab ihren Code ein und wartete darauf, dass sich die Tür öffnete. Das passierte, aber die Tür blieb auf mittlerer Höhe stehen. Alle Lichter erloschen. Es wurde dunkel. Nur durch das kleine Fenster in ihrem Zimmer fiel noch etwas Licht hinein. Sie setzte sich auf ihr Bett und dachte über den heutigen Tag nach. Irgendwann kam eine Frau hinein. Sie kam Jennifer bekannt vor, aber sie kam nicht drauf. Die Frau setzte sich neben ihr auf das Bett. Nach einiger Zeit Schweigen, einer entsetzlich langen Zeit, begann sie zu reden. Jennifer erkannte sie. Es war die Frau, die mit Egon gesprochen hatte. Das erinnerte sie wieder an ihre Eltern und sie brach in Tränen aus. Die Frau hielt Jennifers Hand während Jennifer begann von ihren Gefühlen zu erzählen. Die Frau hörte zu und unterbrach sie nicht. Irgendwann spürte Jennifer, wie die Frau aufstand und das Bett sich leicht hob. Sie konnte hören, wie sie langsam das Zimmer verließ und wie die Tür sich leise mit einem Zischen schloss. Tränen waren auf ihren Backen eingetrocknet und hinterließen kleine Salzkristalle. Jennifer hatte das alles nicht deutlich mitbekommen. Sie lag nun in ihrem Bett und war nicht in der Verfassung klare Gedanken zu treffen.

Sie ging langsam die Treppen hinunter und kam in der Eingangshalle an. Wenn Egon sehen würde, wie sie so offen herumlief, dann würde dies Ärger bedeuten. Aber Egon konnte das diesmal nicht sehen. Er konnte nichts. Das würde sich aber bald ändern. So musste es sein. Kurz stockte sie. Musste sie es wirklich machen. Was wäre, wenn sie nichts täte. Nein. Sie würde es machen. Mit einem Knarren öffnete sich die Tür und sie bereitete alles vor und kehrte wieder zu dem Zimmer von Jennifer zurück, blieb aber vor der Tür wieder stehen. Sie hatte beschlossen, dass Jennifer nicht dabei sein sollte. Zusammen mit den anderen Lehrern holten sie ihn wieder zurück.

20

Ein Ring

Die Frau brachte sie zu Egons Besprechungszimmer, setzte sich auf seinen Stuhl und öffnete mit seinem Computer eine Tür mit einem Aufzug, mit dem sie hinunterfuhren. Die Fahrt dauerte lange. Ewigkeiten später öffnete sich die Tür und gab den Blick zu einem weiteren Raum frei. Es war eine Mischung eines Labors und eines Krankenzimmers. Der ganze Raum war mit Apparaturen vollgestopft. Mittendrin saß Egon. In der Mitte des Raumes war eine Liege. Jennifer setzte sich auf den freien Platz gegenüber von Egon. „Wir können, wen du willst, dafür sorgen, dass du sie vergisst?", sagte die Frau, welche sich nicht hingesetzt hatte, sondern hinter ihr stand und ihre Hand auf ihrer Schulter hielt. „Was soll das heißen?", fragte Jennifer. „Du wirst vergessen, dass sie gestorben sind, das sie überhaupt existieren", antworte diesmal Egon. „Natürlich nur, wenn du willst, du musst nur Platz nehmen.

Sie konnte nicht schlafen. Sie schaute auf ihre Uhr und bemerkte, dass sie doch geschlafen hatte. Sie konnte jetzt nicht *mehr* schlafen. Jennifer stand auf und verließ ihr Zimmer. Hinter ihr schloss sich die Tür lautlos. Der Gang wurde von zahllosen blauen Lichtern erleuchtet. Sie schlich sich leise nach unten, bis sie vor Egons Tür stand. Sie klopfte und, als sie keine Antwort bekam, drückte sie die Klinke hinunter. Die Tür war verschlossen. Jennifer konzentrierte sich. Ihre Augen leuchteten kurz blau auf und die Riegel der Tür schmolzen. Problemlos konnte sie die Tür öffnen. Das Zimmer dahinter war leer. Er war nicht da. Jennifer setzte sich auf seinen Stuhl. Auf Knopfdruck konnte man kleine Rädchen hören, die sich drehten und somit die Tischplatte in der Mitte auftrennten und seinen Computer so nach oben fuhren. Sie schaltete ihn an. Die ersten Sekunden passierte nichts, bis dann das allbekannte Windowszeichen auftauchte. Bis jetzt lief alles gut, bis sie seinen Pin eingeben musste. 0000 war natürlich falsch. Sein Geburtstag auch. Ihr blieb noch eine Möglichkeit. Auf gut Glück gab sie 2000 ein. „Willkommen" erschien auf seinem Bildschirm. Rechts von der Tür erschien ein Fernseher, der in viele Rechtecke aufgeteilt war und Kameraaufnahmen zeigte, als eine Wandplatte hochfuhr und verschwand. Jennifer konzentrierte sich auf den Rechner. Sie wusste nicht, was sie suchen sollte. Sie kam auf den Desktop. Alles war in einer anderen Sprache. Willkürlich klickte sie einfach das Erstbeste an. Ein Ordner öffnete sich mit verschiedenen Daten. Sie klickte auf das nächste Datum. Ein Schreibdokument öffnete sich. Nach dem Lesen fand Jennifer heraus, dass in Amerika ein antiker Ring gefunden wurde und dass Egon den unbedingt haben wollte. Sie kam zu der Überschrift: „Ausgewählte“ und wollte weiterlesen, als sich die Tür öffnete. Der Bildschirm wurde schwarz und, als Jennifer aufblickte, sah sie, dass Egon vor der Tür stand. „Raus!“, befahl er. Sie stand auf und rannte aus dem Raum zu ihrem eigenem Zimmer.

Sie hatte eine schlimme Nacht. Jedes Mal wenn sie ihre Augen schloss, kamen ihr ihre Eltern vor Augen. Irgendwann war sie dann doch eingeschlafen. Jetzt war Jennifer wach. Es war sieben Uhr. Sie ging zur Küche und war die Erste. Einige Zeit später füllte sich die Küche. Um acht Uhr kam auch Egon. Er kam geradewegs zu ihr: „Eigentlich sollte ich das jetzt nicht tun, aber mir bleibt keine andere Wahl“, er gab ihr einen Zettel und ging wieder. Sie öffnete den zusammengefalteten Zettel und las ihn durch. Es war *fast* das Selbe, wie das, was sie am Tag davor las. Bis auf die Kandidaten. Abgesehen von Egon, sollten Leon und sie mitkommen und sich in einer *halben* Stunde einsatzbereit halten. Sie verließ eilig die Küche, um in ihren Zimmer ihre Rüstung anzuziehen. Eine halbe Stunde später stand sie neben Leon und wartete darauf, dass Egon kam. Kurz darauf kam er auch, aber nicht von seinem Besprechungszimmer, sondern von dem offenstehenden Tor. Er stieg aus einem Helikopter aus und winkte sie herbei. Jennifer stieg als Erstes ein, setzte sich hin und schnallte sich an. Unterwegs besprachen sie den Plan.

Es war Nacht in San Francisco. Sie landeten auf einer Insel. Hinter ihnen war die Golden-Gate-Bridge und vor ihnen, hinter einem Kieselweg, ein altes Haus. Leon und Jennifer gingen voraus, Egon folgte ihnen etwas weiter hinten. Jennifer blieb kurz einen Moment stehen und sah sich um. Um den Kieselweg herum wuchs ein prächtiges Blumenbeet. So verwahrlost, wie das Haus aussah, konnte es nicht sein. Sie pflückte eine weiße Blume, dann ging sie weiter. Unterwegs passierte nichts. Wenige Meter vor dem Haus trat Leon einen Schritt vor ihr vor und schoss einen Enterhaken nach oben. Dieser hakte sich nicht fest. So packte er ihn wieder ein und schwebte einfach nach oben. Warum nicht gleich? Jennifer und dann auch Egon folgten. Inzwischen hatten sie alle das Schweben erlernt. Viele, viele blaue Flecken später gelang es auch Jennifer. Aber nicht alle aus ihrer Klasse konnten diesen Zauber nutzten. Wie alles im Leben hat auch Magie einen Nachteil: Nicht jeder konnte alles. Oben wusste Leon nicht weiter und ließ sie weiterführen. Sie wusste auch nicht weiter. Was sollen sie auf dem Dach von irgendeinem Haus? Egon trat vor. Er holte einen zylinderförmigen, metallischen Gegenstand heraus und drückte einen Knopf. Ein roter Strahl kam heraus und fraß einen Kreis durch die Decke des Hauses. Er sprang hinein. Sie hinterher. Es war dunkel, bis Egon mit seinem Kristall für Licht sorgte. Sie waren in einem Lagerraum. Überall standen Kisten. Große Kisten, kleine Kisten, breite Kisten, dünne Kisten. Jennifer trat vor. Nun war sie dran. Sie holte eine kleine Box aus ihrer Tasche heraus, die ihr den Weg zeigen sollte. Nach einer kurzen Suche führte dieser sie zu einer kleinen Kiste. Egon hob sie auf und gerade, als er die Box öffnen wollte, ging eine Sirene los. Sie waren aufgeflogen. Ihm schien das nicht zu stören. Aus der Kiste kam eine Box hervor. Jennifer stellte sich auf die eine Seite, um ihm zu schützen, Leon auf die andere. Als Egon die Box öffnete, holte er einen Ring heraus. Aus dem Augenwinkel sah sie einen Polizisten in der typischen schwarzen amerikanischen Uniform auf sie zurennen. Er richtete eine Waffe auf sie und schoss. Das war dann wohl die Anfangssirene. Überall kamen Soldaten hervor. Sogar in manchen Kisten waren welche. Hinter dem Polizisten tauchte ein anderer Mann auf. In der Hand hielt dieser ein Schwert, wedelte damit herum, enthauptete den Polizisten mit einem Schlag und rannte weiter auf sie zu. Ein Gesteinsbrocken wehrte die abgefeuerte Pistolenkugel ab, die Jennifer vollkommen vergessen hatte. Bevor sie sich bedanken konnte, lenkte Egon sie ab. Er zog sich den silbernen Ring, auf dessen Spitze ein kleiner Kristall war, an. „Das ist schwarze Materie", sagte er. Und sie erkannte die Bedrohung und rannte zu Egons Seite. Leon tat dasselbe. Egon hob die Hand mit dem Ring. Ein leises Knistern war zu hören, als Energie sich mit Energie verband. Ein blauer Blitz war zu sehen, welcher kurz stehen blieb, um dann mit einer irrational großen Geschwindigkeit sich den Weg zu bannen. Im Abstand von einem Meter um Egon entstand eine blaue Energiewand, welche sie vor der Energiewelle trennte. Sie nahm die weiße Blume wieder in die

Hand. Sie wollte wissen, was mit ihr passieren würde und hielt sie nach draußen. Leon musterte sie, sagte aber nichts. Die Luft leuchtete hellblau. Schüsse wurden abgefeuert, blieben aber einfach in der Luft hängen ohne Energie, um weiterzufliegen. Leute Schrien, doch ohne die Energie konnte man nichts hören. Kisten hoben leicht ab und schwebten ohne Anziehungskraft. Sie sah, wie der Mann mit dem Schwert sich auflöste und im Schatten versank. Dann brach alles zusammen. Die Energiewelle riss alles um sie herum in Stücke.

Einige Zeit später öffnete sie erst wieder ihre Augen. Alles war anders. Von den Kisten, dem Haus, den Bäumen auf der Insel, von der Blume, nichts blieb mehr übrig. Es war schrecklich. Ebenso von den vielen Menschen. Was für eine schreckliche Waffe. Im Gegensatz zu fester schwarzer Materie war flüssige schwarze Materie hyperexplosiv. Allein eine kleine Bewegung reichte und einem flog alles um die Ohren. Der Helikopter, der wohl rechtzeitig abgehoben war oder Bescheid wusste, landete wenige Meter rechts von ihnen. Sie stiegen ein und flogen zurück zum Palast.

21

Ein Mord auf offener Straße

Die Rückfahrt verlief nicht so ruhig wie die Hinfahrt. Den Amerikanern gefiel es wohl nicht, dass jemand einfach hineinging, etwas in die Luft jagte und wieder verschwand. Ein weiterer Helikopter kam auf sie zu. Egon stand auf. Er hatte sich nicht angeschnallt, und öffnete schwerfällig die „Tür" des Helikopters, welches sich langsam zur Seite öffnete und sofort wurde es kälter im Helikopter. Jennifer streckte sich, um durch eines der kleinen Fensterscheiben hindurchsehen zu können. Die Tür des anderen öffnete sich ebenfalls. Heraus kam ein Mann mit einem *sehr* großen Maschinengewehr in der Hand. Der Mann zögerte nicht lange und schoss. Jennifer erwartete, dass die Kugeln die Wände durchlöcherten und sie in den Tod mitziehen würden, aber das blieb aus. Verwundert schaute sie nach draußen. Dutzende Kugeln standen unbeweglich, bis auf ihre Geschwindigkeit, die mit der des Helikopters identisch war. Die Kugeln, allesamt tödliche Geschütze, begannen sich auf einmal *umzudrehen*. Die Kugeln, die eigentlich sie treffen sollten, drehten sich um hundertachtzig Grad und flogen wieder weiter. Sie trafen den anderen Helikopter, der von dem Kugelhagel in Stücke gerissen und in die Tiefe gerissen wurde und im tiefen Atlantischen Ozean verschwand und einen dunklen Fleck hinterließ, welcher mit der Zeit vollkommen hinter ihnen verschwand. Jennifer lehnte sich nach hinten und schloss die Augen. Wie viele Leute waren wohl auf der Insel gestorben, wie viele waren durch die dunkle Energie des Rings zerfetzt worden. Jennifer wusste es nicht. Sie wollte es nicht wissen. Vielleicht 30. Nein es mussten mehr gewesen sein. Überall waren welche gewesen. Überall um sie herum. Vielleicht 50. Nein! Jennifer wollte es nicht wissen und schaute aus dem Fenster wieder hinaus und sah das sie sich langsam Land annäherten, als sie plötzlich ein lautes Dröhnen hörte. Ein nein zwei schwarze, graue Schatten rasten an ihnen vorbei und schleuderten den Helikopter leicht aus der Bahn. In der Ferne konnte Jennifer zwei Düsenjets wenden sehen. Währenddessen machte Leon sie auf einen weiteren Abfangjäger auf der anderen Seite aufmerksam, welcher parallel zu ihnen flog. Erneut flog einer an ihnen vorbei, diesmal dicht über ihnen und der Helikopter sank stark nach unten. Der Pilot, welcher bis jetzt überhaupt keinen Ton von sich gegeben hatte, wendete sich zu ihnen um und Jennifer merkte überrascht das es eine Pilotin war. „Wir müssen diese Jäger loswerden, so kann ich nicht weiterfliegen", meinte sie, schwer zu verstehen mit einem seltsamen Akzent. „Drehen sie ab und gehen sie tiefer. Sie sollen nicht wissen, wo genau wir hin wollen" ‚erwiderte Egon. Die Pilotin drehte sich wieder weg und der Helikopter sank tiefer. Jennifer sah, dass sie sich dem Ufer des Atlantiks näherten. Sie konnte winzige Menschen sehen, welche unten am Strand lagen, saßen, entspannten, womöglich verwundert über das, was über ihnen passierte. Ein lautes Knistern erklang durch die Lautsprecher des Helikopters: „Turn off and follow further commands, otherwise, we shoot", kam es stark zerknistert und mit amerikanischen Akzent durch die Lautsprecher. Jennifer schaute verzweifelt zu Egon. Vor allem der Teil „We shoot", klang nicht so schön. „Leon! Mach sie weg", wies Egon Leon an. „Wie ... wie meinst du das? Dort ist nur Sand", antworte Leon unsicher. „Was ist das Problem daran. In der Wüste hast du es auch schon geschafft", entgegnete Egon: „Du schaffst es". Leon krallte seine beiden Hände zu Fäusten und seine Finger leuchteten strahlend grau auf. Er öffnete seine Hände und genau in dem Moment leuchteten auch seine Augen auf. Ein ohrenbetäubendes Knacken war zu hören, als Mitten auf dem Strand der Boden einriss. Tausende Brocken Gestein erhoben sich vom Boden und stiegen in die Höhe, während Leon schwerfällig seine Hände nach oben hob. Jennifer legte ihm ihre Hand auf die Schulter und gab ihm impulsartig Energie von sich selber. Es wirkte, aber nur bedingt und Jennifer fuhr fort damit. Mittlerweile waren auch ihre Fingernägel aufgeleuchtet, bei ihr aber strahlend blau. Sie schaute herab zum Strand und sah Menschen kreischend wegrennen. Die idyllische Stimmung unten war vollkommen zusammengebrochen. Wut entflammte in ihr. Wut, die eigentlich ihr selber galt. Unter anderem war sie auch schuld daran, aber als ihre Augen blau aufleuchteten, machte dies keinen Unterschied mehr. Ihre Kräfte richteten sich gegen ihren Feind. In dem Moment schleuderte Leon die Gesteinsbrocken gegen die Jäger. Jennifer spürte ihre Angst, ihre Verwirrung. Sie spürte, wie die verzweifelten Soldaten abwendeten, es zumindest versuchten, denn genau in dem Moment erlosch alles. Die zahlreichen blinkenden Lichter, wie auch das Triebwerk fiel aus. Nicht nur bei einem, sondern bei allen. Neben ihnen explodierte einer der Jets beim Aufprall mit einem Brocken. Die beiden anderen entgingen zwar knapp den Brocken, zerschellten auf dem Boden, ebenfalls mit einer Explosion. Leon und Jennifer stürzten zu Boden, als sie erloschen. In dem Moment starte auch der Helikopter wieder und die geschockte Pilotin konnte ihn retten, bevor auch sie auf dem Boden auftrafen.

Der Rest der Rückreise verlief ruhig. Irgendwann landeten sie direkt wieder vor dem Palast. Darin wurden sie von einer Menschenmenge erwartet. Es war keine ganze Menschenmenge. Es waren ihre Klassenkameraden. Diese fragten sie, was sie gemacht hatten, aber sie durften ja nicht antworten. Die Lehrer vertrieben die Schüler zurück zu den Klassenzimmern. Leon und auch Jennifer wollten gehen, aber Egon schickte sie in sein Zimmer. Er setzte sich ihnen gegenüber auf seinen Stuhl. Sie mussten stehen. Das Gleiche schien auch er gedacht zu haben, denn auf Knopfdruck erschienen zwei weitere Stühle aus einer sich öffnenden Klappe aus dem Boden. So nahmen sie auch Platz. Er begann ihnen einen Vortrag über die höchste Geheimhaltungsvorschrift ihres Unternehmens zu unterrichten, als er von seinem Kristall unterbrochen wurde. Er redete in einer anderen Sprache, aber das, was er hörte, schien ihm nicht zu gefallen. Kurze Zeit darauf trennte er die Verbindung. Er schloss kurz die Augen und sagte dann zu ihnen gewand: „Ich habe gerade eben erfahren, dass es in einem der Dörfer ein Problem gab." Er gab etwas in seinen Computer ein und die Türen verriegelten sich zusätzlich mit Metallwänden. Sein Computer fuhr in den Tisch hinein und auf dem weißen Marmortisch erschien eine Karte. Dutzende Punkte waren zu erkennen. Alle weiß. Alle, bis auf einen Punkt. Ein Punkt blinkte rot. In der Mitte war eine Krone zu sehen. Keine Straßen oder sonstige Dinge, die man von einer Karte kennt, waren abgebildet. Fast das gesamte Land war bergig. „Was für Dörfer", fragte Leon, die Frage die auch Jennifer auf der Zunge lag. „Ich weiß, man hat euch noch keinerlei Informationen darüber gegeben, wo wir eigentlich genau sind. Ich glaube, ihr habt eine ungefähre Vermutung. Aber es ist wichtig, dass ihr wisst, dass wir als Land nicht nur den Palast haben. Ein großes Gebiet darum herum gehört ebenfalls dazu. Innerhalb dieses Gebiets liegen mehrere Dörfer, die man aber niemals auf einer Landkarte sehen wird. In den Dörfern wohnen die Zauberer, die sich zu mir bekannt haben und deswegen müssen wir ihnen helfen". Egon tippte auf den roten Punkt und die Karte veränderte sich. Es erschien eine Stadt. Es gab Wege, Straßen und Häuser. Es erschien wieder ein roter Punkt. Egon tippte erneut darauf und die Karte verschwand. Der Tisch und auch jedes andere Möbelstück auch. Zurück blieb nur der weiß gestrichene Raum. Und dann begannen die Wände sich zu verändern. Sie färbten sich. So ergab sich ein Bild, als wären sie mitten in der Stadt. Sie standen mitten auf einer Straße. Es war keine richtige Straße, so wie man es kennt. Es war eher ein Weg. Aber er war so groß, wie eine Straße und asphaltiert. Was dagegen sprach, war die Tatsache, dass es keine Autos gab, sondern nur Fußgänger. Eine Frau kam auf sie zu. Sie schaute sich nervös um. So als ob etwas seltsam wäre. Ungewohnt. Und so war es auch. Sie waren ja da. Jedoch schien die Frau sie nicht zu sehen. Diese beachtete sie gar nicht, sondern schaute zur Seite. War fixiert auf ein Haus auf der linken Straßenseite. Nebenbei spielte sie mit ihrer blauen Bluse herum. Gerade als Jennifer dachte, die Frau wird gegen sie prallen, verschwand sie und kam auf der anderen Seite des Raumes wieder hervor. „Hier wurde gestern ein Mord begannen", unterbrach Egons Stimme sie. Die Kamera bewegte sich in Richtung eines der Häuser und es wurde unmittelbar davor schwarz. Sekunden später kam das Bild wieder. Nun waren sie in einem Wohnzimmer. Zumindest war es eins, bevor das Schreckliche passiert war. Überall war Blut. Auf dem Boden, den Möbeln, an den Wänden und auch an der Decke. Die meisten Möbel waren demontiert. Vier Leichen waren in diesem Raum. Und wer wusste, wie viele noch in den nächsten Räumen sein würden. Das Erlöschen des Bildes erlöste sie von dem schrecklichen Anblick. Was für ein Mensch könnte so etwas machen? „Gar keiner. Es war keiner. Es war jemand wie ihr.“, wurde ihr unerwartet von Egon geantwortet. Wie sie dieses Gedankenlesen hasste! Die Möbel fuhren wieder aus dem Boden heraus. „Diese Person werdet ihr finden und exekutieren. Wie ihr vorhin gesehen habt, gibt es eine Art Mauer um die Stadt. Es ist ein UV-Strahlen-Wall. Es kann die Stadt noch nicht verlassen haben. Alles was versucht, diesen Wall zu überwinden, wird verbrennen. Ich gehe davon aus, dass es das auch weiß und das nicht macht. Ihr bekommt einen Anzug von mir, der euch schützen solle. Er ist zwar noch nicht getestet, aber er sollte euch helfen. Notfalls schlagt ihr euch mit euren alten Waffen durch.“ Zwei Gestalten erschienen an der Tür. Beide hatten einen Anzug an, womöglich ähnliche, wie die, die sie auch bekommen würden. Ihre rötlichen Anzüge ähnelten stark dem Iron-Men-Anzug, zumindest fand sie das. Sie, Leon und Jennifer, folgten den beiden Typen in die Tiefen des Palastes. Nach einer endlosen Zeit kamen sie in einen großen Raum. Überall waren Rüstungen. Ein Lagerraum. Die Typen führten sie in einen weiteren Raum, wo zwei Rüstungen lagen. Sie halfen ihnen, diese anzulegen. Jennifer betrachtete die Rüstung von Leon. Sie umfasste seinen ganzen Körper. „Ist etwas?", hörte sie seine Stimme, durch kleine Lautsprecher in ihrem Helm. Sie schüttelte den Kopf. Die beiden Typen hatten sie die ganze Zeit beobachtet. Als sie beide nun fertig waren, brachten diese sie wieder zurück. Dachte Jennifer zumindest. Die Typen brachten sie zu einem kleinen Raum mit Metallwänden, winkten sie zu sich und schlossen die Türen hinter ihnen. Es war dunkel. Das war aber nicht das größte Problem. Was hatten diese Typen vor? Bald würde sie es erfahren.

Sie waren gefangen. Ausweglos. Es fing erst mit einem dumpfen Schnaufen an und wurde dann ohrenbetäubend. Mit einem Knall war dann alles stumm. Es wurde hell. Als ihre Augen sich daran gewöhnten, erkannte sie den Raum. Es war ein Transporter, diesmal war aber die Trennwand zwischen Fahrerkabine und Passagierraum eingefahren. Jennifer schlenderte zum Cockpit. Dieser war auf Autopilot. Beruhigt schaute sie aus dem Fenster hinaus und sah, wie die Landschaft unter ihnen hinweg raste. Zumeist war es nur Wald, hin und wieder Wiesen und nur selten ein kleines Dorf. So etwas wie Städte gab es nicht. Der Transporter begann zu sinken. Und mit einem Rumpfs landeten sie auf dem Boden. Die Landung war unerwartet hart, und obwohl sie sich vorbereitet hatte, fiel sie schmerzhaft auf den Boden. Leon, der trainierte Eishockeyspieler, lachte sie aus und war nicht so leicht von den Füßen zu reißen. Jennifer stand auf. Irgendwo lief ein

Mörder herum und sie standen, beziehungsweise saßen, hier einfach nur herum. Vor ihnen öffnete sich lautlos die Tür und gab den Weg, auf eine bekannte Straße frei. Es war die, wo der Mord geschehen war. War es eigentlich noch Mord, wenn etwas, was man nicht einen Menschen nennen konnte, solches tat. Schon der Begriff Mörder schien für eine solche Tat nicht mehr angemessen genug. Draußen vor dem Transporter hatte sich eine Menschenmenge gebildet. Diese armen Bürger mussten wohl ganz außer sich sein. Erst wurde eine Familie niedergemetzelt und dann landete einfach ein Transporter mitten auf der Straße. Die Stimmen draußen wurden immer lauter und Jennifer wollte, dass die Lage nicht außer Kontrolle geriet. Da sah sie einen Mann, vollkommen unter einem schwarzen Umhang verborgen, sodass nur sein Gesicht herausschaute. In Deutschland wäre es noch normal, so herumzulaufen. Manche würden sich vielleicht wundern, aber hier, in dieser schwülen Hitze unter der sengenden Sonne, war eine solche Bekleidung ganz und gar nicht angebracht. Irgendwas an diesem Mann war anders, das spürte sie. Und genau mit diesem Mann musste sie sprechen. Er wusste etwas. Und auch genau dieser Mann holte einen Stein unter seinen Umhang hervor, lächelte und warf. Er hatte gut gezielt. Auf sie! Im letzten Moment wich Jennifer aus und wurde statt mitten ins Gesicht nur an der Schulter gestriffen. Der Stein prallte ab. Er hatte *zu* gut geworfen. Der Mann drehte sich um und rannte weg. Leon folgte und Jennifer kurz später, nachdem sie ihren Schock verdaut hatte, auch. Der Mann verließ die große Straße und bog in eine der Nebenstraßen. Er konnte ihnen nicht entkommen. Jennifer hatte sich in der kurzen Zeit die Karte von der Stadt eingeprägt. Er war hier wohl noch nicht sehr lange. Er rannte mitten in eine Sackgasse hinein. Das merkte er auch, nur leider zu spät. Eine hohe Steinmauer versperrte ihm den Weg. Er saß in der Falle. Jennifer kam, nach Luft keuchend, neben Leon zu stehen, der mit drei Metern Abstand mit seiner Pistole mit irgend so einer Nummer auf ihn zielte. Dem Mann schien das eher nicht zu stören. Er drehte sich gelassen um und schaute ihnen mit seinem uralten, faltigen Gesicht an. Eine lange Narbe, die senkrecht von seiner Stirn bis hinab zu der einen Wange führte, war ihm auf entsetzlichste Weise zugefügt worden. Schwarze Materie schätzte Jennifer. Er lächelte immer noch, nur diesmal zeigte er seinen Mund, in dem nur noch wenige schwarze, verfaulte Zähne hingen. Er ging einen Schritt auf sie zu. Leon drückte ab. Ein Magazin später sah sie wieder zu dem Mann hinüber. Der Anblick war kopfzerbrechend. Er war *nicht* verletzt. Zusätzlich zu den Hülsen war der ganze Boden mit Patronen übersät. Sie hatten keinen normalen Menschen vor ihnen. Er hätte sie schon längst töten können, aber er hatte nichts gemacht. Leon wollte seine Waffe neu laden und sein sinnloses Vorhaben weiterführen. Mit einem halb angedeuteten Kopfschütteln hielt sie ihn davon ab. Das Ding vor ihnen wollte sie *noch* nicht killen, aber das konnte sich jederzeit ändern. „Deine Freundin hat recht, bring es nicht zu weit“. „Sie ist nicht...", wollte Leon entgegensetzten, brach aber mutlos ab. *Warum konnte jeder Gedankenlesen und sie nicht?* Der Mann griff in seinen Umhang und holte etwas heraus. Schmerzhaftes Licht hinderte sie, daran es zu erkennen. Langsam zog sich der helle Strahl wieder zurück. „Sagt Egon, er soll mich in Ruhe lassen!" , sagte er ihr zugewandt. Jetzt konnte sie auch erkennen, was er in der Hand hielt. Es war ein Zepter. Jennifer setzte zu einem „Nein!" an, doch kein Laut verließ ihren Mund. Sie sah alles in Zeitlupe. Ein Strahl kam aus dem Rubin in der Spitze heraus, mit Leon als Ziel. Sie ahnte, was passieren würde, bevor es überhaupt passierte. Der Strahl passierte sie um wenige Meter. Elektrisch geladen. Sie hatte ihre Hand gehoben. Konzentrierte sich auf den Energiestrahl. Nutzte ihre Begabung. Wollte ihn retten. Der Strahl wurde dunkler. Wurde langsam. Doch dann änderte sich etwas. Etwas änderte sich in ihr. Etwas war in ihr drinnen. „Du kannst ihn nicht mehr retten! Es wird immer Tote geben!", flüsterte eine dunkle tiefe Männerstimme ihr ins Ohr. Sie konnte ihren Körper nicht mehr kontrollieren. Der Strahl wurde wieder schneller. Leon hatte nicht mal die Mine verzogen. Wenn er überhaupt den Strahl gesehen hatte? Wenn er wusste, was überhaupt mit ihm passierte? Jennifer konzentrierte sich wieder auf den Strahl. Doch es war zu spät. Neben ihr traf der Strahl ihn mitten in der Brust und brannte ein Loch in diese. Jennifer stürzte auf den Boden. Tränen vermischten sich mit Blut. Blut von Leon. Sie war überall davon bedeckt. Er war natürlich tot. TOD! Sie sah wieder seinen Blick vor ihr. Friedlich. Er hatte seinen Tod nicht mal bemerkt. Hatte daher wohl keine Schmerzen gehabt. Sie hoffte es. Saß dort zehn, fünfzehn Minuten, vielleicht sogar länger. Sie wischte sich die Tränen vom Gesicht. Stand auf. Ein Opfer mehr gab es nun schon seit Beginn des Krieges um den letzten Kristall, die vielleicht nie Enden würde. Sie schaute wieder an die Stelle zurück, wo der Mann gestanden hatte. Er war nicht mehr da. Wer wusste, wie lange er nun schon weg war? Wer wusste, was er nun tat? Ob er wieder tötete? Wie viele Leute er noch töten würde? Wie viele er bisher bereits getötet hatte? Der Mord, weswegen sie überhaupt gekommen waren, fiel ihr wieder ein. Einerseits wollte sie so schnell, wie möglich weg von hier, andererseits musste sie dort hin. Immer noch schluchzend und mit Tränen auf dem Gesicht stand sie auf. Nein, so ging das nicht. Sie konnte nicht so arbeiten. So konnte sie auch nicht herumlaufen. Nicht in der blutverschmierten Rüstung. Schwerfällig befreite sie sich von der Rüstung und versteckte sie in einen Winkel der Gasse. Sie wollte sich an Leon wenden, doch dort gab es nichts mehr. Der blaue Kristall an der Spitze des Zepters hatte seine gesamten Körper zerstört. Nicht mal die Rüstung war noch übrig. Sie wollte gerade zur Straße gehen, um sich das Haus genauer anzusehen, als sie mit ihrem Fuß gegen einen Stein stieß. Er lag genau dort, wo zuvor Leon gewesen war. Der Stein schien förmlich nach ihr zu schreien. Sie packte ihn in ihre Tasche und machte sich auf den Weg zum Haus, wo der Mord stattgefunden hatte. Die Menge um den

Transporter hatte sich aufgelöst und niemand beachtete sie auf dem Weg zum Haus. Sie öffnete das leise quietschende Tor und betrat den Garten. Früher einmal war dieser gut gepflegt, doch jetzt war alles von Stiefeln zertrampelt. Larissa kam an die Tür, welche nicht abgeschlossen war, sondern wenige Zentimeter offen stand. Sicherheitshalber schuf sie eine Energiekugel in ihrer Hand. Sie konnte ja nicht wissen, was sie hinter der Tür erwartete. Sie öffnete langsam die Tür, aber dort war niemand. Eine eiskalte Windböe traf sie. Im Haus war es ungewöhnlich kalt. Noch ein Verweis auf den Täter. Jennifer durchquerte das gesamte Haus, fand aber nichts. Keine Waffe, keine weiteren Hinweise. Doch sie war sich sicher, dass es Kälte gewesen war. Sie verlas das Haus und schloss die Tür hinter sich. Niemand musste sehen, was dort drinnen passiert war. Sie hatte eine Nachricht zu überbringen. *Sag ihm, er soll mich in Ruhe lassen!* Sie stieg in den Transporter. Unterwegs holte sie den Stein heraus und bemerkte die Inschrift.

Ich starb als Stein und wurde Pflanze;
ich starb als Pflanze und wurde Tier;
ich starb als Tier und wurde zum
Menschen
Warum sollte ich mich also fürchten?
Wurde ich jemals geringer durch den
Tod?

Von Djelad ed-din Rumi

22

Le château de Versailles

Mitte Februar 1663 Frankreich/Paris

Es war ein eiskalter Samstag im Herzen von Paris, der Stadt der Liebe. Das war die eine Ansicht. Aus der Anderen: Eine riesige, gewalttätige und grausame Stadt. Ich bin ja eher für das Letztere. Ich hatte eine zehnstündige Eisenbahnfahrt dritter Klasse hinter mir und kam vollkommen in die Welt des Absolutismus hinein. Ich wollte nicht Notre Dame oder andere der Wahrzeichen der Stadt besichtigen. Die wenigsten Menschen auf der Welt wussten überhaupt, das so etwas wie das, was ich seit so langer Zeit nun suchte, überhaupt existierte. Nur sind diese wenigen Leute das hauptsächliche Problem. Eines der extremsten Beispiele ereignete sich im Jahr 1600. Die Regierung wollte mich loswerden. Mir hatte das nicht viel ausgemacht, aber heute ist der Ort nur noch ein Massengrab. Nein, ich kam aus einem ganz anderen Grund hierher. Ich suchte nach jemandem.

Ich suchte schon sehr lange nach dieser Person. Um ehrlich zu sein, ich suchte nur nach dieser Person. Ich hörte, dass diese sich in Paris aufhalten sollte, und machte mich auf dem Weg. Ich lebte bescheiden in einer kleinen Wohnung, dessen Besitzer ich dazu „überredet" hatte, mir seine Wohnung während meiner Anwesenheit zu leihen. Er konnte eh nicht widersprechen. Wochenlang schlenderte ich durch die Stadt und fand ihn letztendlich. Ich hatte die verdammte Stadt abgesucht. Er musste einfach da sein. Ich kannte jeden Winkel von Paris. Eine Woche davor hatte ich einen Brief bekommen. Einer meiner Spione hatte Neuigkeiten für mich und besuchte mich in „meinem" Haus. Seine Nachricht schien erst ein Scherz zu sein, aber er hatte womöglich, nein, sicherlich recht. Die einzige Begründung war, dass die gesuchte Person sich im château de Versailles aufhielt. Ich würde das Königsschloss angreifen. Toll. An sich kein Problem, aber wenn ich scheitern würde, wäre es mit meinem Aufenthalt hin. Aber wer kein Risiko eingeht, kann eh nicht gewinnen und so machte ich mich auf den Weg. Erst brauchte ich eine Waffe. Es würde eine lange Nacht werden, die ich vor mir hatte. Ich wollte meinen Spion gerade wegschicken, als ich mit meinem Gehör dumpfe Schritte hörte. Jemand, es waren zwei Personen. Zwei in Rüstung. Mein Spion machte sich aus dem Fenster davon. Das würde interessant werden. Ich nahm mir meine Maske, die ich zur Identitätsbewahrung immer bei mir trug, und zog sie mir an. Mein antiker Ring durfte natürlich nicht fehlen. Ich beendete mein Kunstwerk, nahm mir einen Stuhl und setzte mich gegenüber der Tür und wartete, bis die Typen den dritten Stock erreichten. „Monsieur, ouvre la porte, police!" Ich sollte die Tür öffnen. Die können mich mal. Die Polizisten warteten und siehe da, sie verschafften sich gewaltsam Eintritt. Das Schloss wurde mit einem ohrenbetäubenden Lärm aus der Tür herausgerissenen. Eine Schusswaffe war schon ganz in der Nähe. Ich musste sie mir nur noch holen. Der Staub setzte sich langsam und gab den Blick auf zwei Soldaten frei. Der eine, der mit einem Florett, einem dünnen, leicht elastisch, aber messerscharfen Messer bewaffnet war, trat auf mich zu. Der andere, der nur eine Muskete bei sich trug, hielt Distanz. Es war ein Fehler sich mir zu nähern. Während er noch in die Fratze meiner musterte, stand ich auf, packte meinen Stuhl an zwei Beinen, drehte mich um mich selbst und schmetterte den ersten Soldaten den Stuhl gegen den Schädel, wobei alles knackend zerbrach. Doch bevor der sofort Tote auch nur auf den Boden fiel, war ich bei ihm, packte ihn bei den Schultern, machte erneut eine Drehung und ließ ihn dann einfach los. Ich hatte gut gezielt. Bevor der andere Soldat überhaupt merkte, was seinem Kameraden passiert war, wurde auch er ins Reich der Träume geschickt, mit dem Unterschied, dass er wieder aufwachen würde. Womöglich würde er seinem Chef erzählen, sie seien von mehreren Dutzend Feinden angriffen worden. Aber was ist schon ein Menschenleben wert? Ich schnappte mir seine Waffe, er würde sie jetzt am wenigsten brauchen. Und machte mich auf den Weg zum château. Es war Vollmond und so hatte ich den Vorteil, besser zu sehen, aber auch den Nachteil, leichter entdeckt zu werden. Wenn man das Wort château hört, denkt man doch an ein Gebäude, das mit hohen Mauern und vielen Soldaten gesichert ist. Das château de Versailles ist aber nicht so. Spielerisch leicht kam ich erst in den Garten, zerbrach eines der ach so kostbaren Fenster und befand mich im berühmten Spiegelsaal. Ich musste das Schlafzimmer des Königs finden. Innerhalb des Gebäudes war niemand zu sehen und zu hören, niemand, keine Menschenseele kam mir zu nahe. Doch dann sah ich in der Ferne eine schmuckvolle Tür, welche von vier Soldaten bewacht wurde. Ich musste da hin. Die Leute vor diesem Raum durfte ich natürlich nicht unterschätzen, wenn das, was ich annahm, richtig war, dann würde ein harter Kampf folgen. Ich ging noch einen Schritt weiter, konzentrierte mich und tauchte in die Welt der Energie hinein. Unvorstellbar viel Macht stand mir zu Verfügung, aber ich musste der Verführung widerstehen. Für den normalen Beobachter war ich ein schwarzer Schatten, der mit hoher Geschwindigkeit durch den Gang schwebte und sogleich wieder verschwand. Ich schmiegte mich ganz nah an die linke Wand, bis ich nur noch wenige Zentimeter von der ersten Person entfernt war, und packte seinen Kopf. Mit viel Kraft, eigentlich unnötig viel, tauchte ich durch die Wand. Er aber nicht. Sein Kopf knallte gegen die Wand. Und er verlor das Bewusstsein, vielleicht für immer. Mir war das herzlich egal. Ich machte wieder kehrt, war wieder im Gang, konzentrierte mich auf die nächsten zwei, packte sie am Hals, tauchte in den Boden hinab und siehe da, auch diese beiden konnten nun nichts mehr für ihren Herren tun. Blieb nur noch ein einziger. Doch der schien letztendlich auch begriffen zu haben, was hier vor sich ging und plötzlich hatte er ein kleines, schwarzes Messer in der Hand. Ich hätte eigentlich wissen sollen, was jetzt folgte, aber mein leichter Sieg über die anderen Soldaten machte mich unvorsichtig. Ich wollte mich gerade an den Letzten wenden, als eine gemeine, schwarze Klinge in meiner Schulter steckte. Ein normales Messer sollte mich töten? Keine Chance. Doch das wusste der Angreifer nicht. Ich zog wütend die Waffe aus meiner blutüberschwelten Schulter und rammte es ihm mitten in die Brust, mitten ins Herz. Er brach zusammen. Leise murmelte er, ich möge Gnade haben. Ich nährte mich an seinem Schmerz und ließ ihn einfach stehen. Ich hatte Wichtigeres zu tun. Ich öffnete mit einem Energiestoß die Tür, mein Ring war immer für etwas zu gebrauchen. Der Anblick, der sich mir dann bot, brachte mich verdutzt zum Stehen. Ich war doch leise gewesen! Es stimmte, ich war nicht umsonst hergekommen. Kälte war tatsächlich da. Aber nicht nur es allein. Ich war von Musketenschützen umstellt, allesamt geladen und auf mich gezielt. Hilfe! Das konnte ein Spaß werden. Kälte trat vor. Es wollte mir wohl so eine Rede halten, wie das ich jetzt festgenommen war und auf den nächsten Scheiterhaufen käme, wer weiß. Ich ließ ihn nicht ausreden. Ich holte meine Muskete und schoss. Ich zielte nicht. Warum zielen, wenn man die Kugel im Nachhinein auch noch verschieben kann. Aber das war nicht nötig und eh auch nicht möglich. Die Schützen, die womöglich schon seit Stunden auf meine Ankunft warteten, ließen sich das Schießen nicht nehmen. Allein die erste Salve war verheerend. Und ich meine damit, es tat verdammt weh, von Hunderten groben Metallstücken bombardiert zu werden. Meine rechte Hand, in der ich meine Muskete gehalten hatte, wurde am Schlimmsten getroffen.. Aus meiner zerfetzten Hand fiel die Waffe und landete mit einem unhörbaren Tack auf dem Boden, mein Ring folgte. Es war Zeit zu verschwinden. Ich floh. Der Kampf war beendet, so schnell er auch begonnen hatte. Aber das Ende eines Kampfes sagte nichts über das Ende des Krieges aus. Irgendwann werde ich ihn vernichten. Aber nicht heute, sondern erst irgendwann.

23

??? Rache ???

Obwohl so viel Zeit seitdem vergangen war, kam Jennifer doch nicht darüber hinweg. Hass war keine richtige Lösung, aber ein Mensch konnte ohne Hass nicht existieren. Ein Mensch mag andere mehr oder weniger gern. Aber das Ding, das Leon getötet hatte, konnte sie gar nicht ausstehen. Sie hatten herausgefunden, dass es das Land längst schon verlassen hat. Sie wurde auch schon oft von Egon gewarnt, den Hass nicht siegen zu lassen (wieder Gedankenlesen) und sie hatte es auch schon oft versucht, um danach wieder hoffnungslos aufzugeben. So was konnte und wollte sie nicht auf sich beruhen lassen. Sie würde ihre Rache bekommen. Irgendwann. Doch jetzt war aber erst mal der Unterricht wichtiger. Sie hatte schon die ersten Verwarnungen bekommen, auf die immer wieder eine Unterhaltung mit Egon folgte, welche sie möglichst mied. Sie hatten zum ersten Mal Zauberunterricht und das wollte sie sich nicht entgehen lassen. Ihr „Lehrer“ war Egon, den sie insgesamt nur in drei Fächern hatten: Geschichte, Zauberunterricht und Kampfkunst für

Fortgeschrittene. Es ist eigentlich unüblich, dass ein Fach so spät erst anfing, aber das würde wohl sicherlich einen Grund haben. Gerade versuchte Egon der Klassen klar zu machen, dass all das, was sie früher im Physikunterricht gelernt hatten (sie hasste Physik) falsch wäre. Er erklärte: „Ihr habt gelernt, dass Energie nicht verloren gehen kann. Das zählt aber nur für einen Teil der Energie. In jedem von euch steckt eine Energie, die sich ständig erneuert. Ich meine nicht die Energie, die ihr durch die Nahrung bekommt. Nein. Es ist etwas anderes. Jeder von euch, aber nicht jeder auf der Welt produziert eine Energie, die euch ermöglicht, Zauberei zu verüben. Das ist aber nicht alles. Diese Energie gibt euch auch noch die Möglichkeit besser zu hören, zu sehen, … insgesamt alle Sinne besser zu nutzen. Und es gibt euch auch noch andere Möglichkeiten. Es gab jemanden unter euch, der sich weiter entwickelte und durch diese Energie etwas in der Luft schwebte." Er stockte kurz, da er immer schneller geworden war, und redete dann wieder normal weiter: „Ich erwarte nicht, dass irgendjemand von euch mir glaubt, aber im Laufe der nächsten Zeit wird sich das ändern. Ich erwarte auch nicht, dass ihr es alle könnt. Ich erwarte nur von euch, dass ihr es versucht. Wir fangen mit einem ganz einfachen Zauber an. Es ist ein Zauber, den die meisten von euch sicherlich von Filmen kennen. Ein Energiestoß. Es ist einer der leichtesten Zauber, der aber sehr schnell schwerer werden kann. Man unterscheidet Zauber in verschieden Level. Allein von dem Zauber Energiestoß gibt es hunderteins, und es sind sicherlich noch viel mehr. Ihr müsst euch konzentrieren, die Hand zur Faust machen und in einen neunzig Grad Winkel zum Arm legen. Geht in euch. Es vom ganzen Herz wollen. Etwas in eurem Inneren wird euch antworten und irgendwann werdet ihr bereit sein. Wenn ihr das spürt, dann lasst im richtigen Moment die Energie los. Stopp! Nicht hier! Erst später in einem anderen Raum! Wenn ihr es versucht, werdet ihr euch erst erschöpft fühlen, doch bald wird die Energie sich wieder regeneriert haben. Dann werdet ihr mir glauben. Jetzt möchte ich euch aber nicht mehr aufhalten. Folgt mir!" Er führte sie in einen riesigen Raum, eine Halle, die einfach leer war. Sie verteilten sich und sollten üben. Er ging langsam durch die Reihen und beobachtete jeden genau, zu genau. Einige Zeit später kam er zu Jennifer. Jetzt ging der Spaß los. Sie konzentrierte sich und nahm die vorgeschriebene Haltung an. Und es funktionierte *fast*. Durchscheinende, blaue Streifen formten sich zu einer Kugel und es hätte fast funktioniert, wenn sie nicht die Konzentration aufgegeben hätte. „Auch die größten Zauberer haben klein angefangen", sagte er und ging weiter. Sie hörte ein leises Kichern hinter sich. Es war Louis, einer ihrer Klassenkameraden. Er stellte sich demonstrativ vor ihm auf. Winkelte seine Hand an. Blaue Streifen bildeten sich und verbündeten sich langsam zu einer Kugel, welche sich mit einem fast lautlosen Pop schloss. In der Kugel war etwas. Sie konnte sehen, woher Louis seine Kraft hatte. Sie wusste nun, wie sie es machen konnte. Jennifer ging wieder in sich, konzentrierte sich und auch nun erschienen die kleinen blauen Streifen und fügten sich zu einer Kugel zusammen. Sie beobachtete die kleine Szene, die sich immer und immer wieder in der Kugel abspiegelte. Sie sah den Blitz. Ihre Hand begann langsam zu zittern. Die Kugel wurde größer und erreichte wohl das nächste Level, aber Jennifer wurde schwächer. Sie musste die Kugel loswerden, bevor sie diese nicht mehr halten konnte. Da spürte sie etwas anderes in ihrer Nähe. Sie wurde abgelenkt von der Ansicht der Kugel. Da begann diese sich zu bewegen. "Ich bin beeindruckt. Ein Energiestoß Level 2 noch am ersten Tag", sagte die Stimme von Egon neben ihr. Die Szene endete. Genauso, wie die Kugel entstanden war, löste sie sich auf, nur das die Energiestreifen nicht in Egons Hand verschwanden, sondern sich den Weg zu ihrer bannten. Dann hörte auch schon die Stunde auf.

Jennifer wollte unbedingt wissen, wer die hunderterste Stufe erreicht hatte. Am Ende der Stunde fragte sie Egon. Komm mit, wies er sie an. Jennifer folgte ihm quer durch den Palast zur Bibliothek, welche sie ebenfalls durchquerten, um dann vor einer Wand stehen zu bleiben, welche sich mit einem mechanischen Rattern öffnete und ihnen den Blick in einem Raum ermöglichte. Dort war ein Tisch mit zwei Stühlen. Egon nahm auf dem einen Platz „Du willst wissen, wer die höchste Stufe erreicht hat? Na ja, sein echter Name wird dir nicht viel sagen, aber er wurde Zeus genannt“ - „Der Zeus aus der griechischen Mythologie?“ Er nahm seinen Kristall und steckte ihn in eine Öffnung im Tisch und der gesamte Raum wurde von hellem Licht erleuchtet. Darin konnte sie alles sehen „Ja.", antwortete er ihr dann endlich. „Und was ist dann passiert?" - „Wie soll ich sagen … sein Streben hat Konsequenzen mit sich gezogen. Er hatte meinen Rekord gebrochen und hatte einen Energiestoß der Stufe hunderteins unter seiner Kontrolle und ließ ihn los. Die Energiewelle, so unglaublich es auch klingt, zerschmetterte den Olymp, ebenso wie die meisten „Götter". Aber er wollte mehr erreichen und begann sofort die Nächste zu schaffen, als er einen Fehler begann. Seit dem Zeitpunkt steckt er in einer Energiekugel fest, tief am Meeresgrund des atlantischen Ozeans. Sein Streben hatte ihm alles genommen." - „Hast du nie versucht ihn zu befreien?" - „Nein. Der Schaden des Energiestoßes, der den Olymp zerstörte, wäre wohl im Vergleich dazu nichts. Ich konnte nichts riskieren. Aber nun will ich dich nicht mehr länger aufhalten. Du hast sicherlich noch was zu tun". Und dann wollte er auch schon gehen, blieb dann aber wieder stehen und drehte sich wieder zurück zu ihr: „Ich weiß, dass du Rache willst, aber das wird ihn nicht wieder zurückholen. Es ist schön das etwas in deiner Seele drinnen erwartet alles könnte mit Zauberei wahr werden, doch ich muss dich enttäuschen. Sich in die Angelegenheiten der Toten einzumischen bringt nicht" - „Ich weiß, aber er soll dafür büßen!" „Das wird er!" - „Lass mich ihn suchen und vernichten." „Dazu wärst du nicht in der Lage. Er bedient sich uralter Zauberei." „Dann bring mir das alles bei." - „Du wirst alles im Laufe der Zeit lernen." -

„Warte". Er drehte sich wieder um: „Was ist jetzt noch" Sie schlug den Stein, welchen sie die gesamte Zeit über in ihrer Tasche gehabt hatte, auf den Tisch. Er kam überrascht näher und schaute sich den Stein an und sprach die Worte.

Ich starb als Stein und wurde Pflanze;
ich starb als Pflanze und wurde Tier;
ich starb als Tier und wurde zum
Menschen
Warum sollte ich mich also fürchten?
Wurde ich jemals geringer durch den Tod?

Er saß ein paar Minuten still dort, dann fragte er sie: „Darf ich?" Jennifer streckte ihre Hand aus und gab ihm den Stein. „Woher hast du ihn", fragte er sie. „Er lag dort, wo zuvor Leon stand." „Warum um Himmelswillen hast du mir nicht davon erzählt! Das er nie gestorben ist, sondern sich verwandelt hat! Warum hast du die Botschaft nicht verstanden!", Egon hatte die Worte eher geschrien. „Lebt er?"- „Wir werden sehen"

Dann ging er wirklich.

Teil 4

24

Ein seltsames Treffen

Ende Dezember 2016

Er ist so eine Person, die man nicht so schnell vergisst. Das kommt davon, dass er gerne viel redet. Sein Name ist Louis und er rede eben viel, aber das hat er ja bereits gesagt. Das ist natürlich nicht das Einzige über ihn. Für ihn kann nichts schnell genug gehen, das hängt vermutlich mit seiner außergewöhnlichen Begabung zusammen. Er ist in der Lage die Zeit so weit zu verlangsamen, dass er sich ungefähr zehnmal so schneller bewegen kann, als ein normaler Mensch. Gegen Egon kommt er leider nicht an, was ihm dieser vor ungefähr einer Woche bewies. Er wollte ihn so richtig verarschen. Louis wollte hinter ihn gehen und etwas, was er jetzt lieber nicht sagt, an die Tafel schreiben und sich sofort wieder an seinen Platz setzen. Er begann und bevor er sich versah, hing er an der Tür. War das peinlich. Seitdem traute er sich nicht, ihm in die Augen zu schauen. Egon schon. Er scheint das Ganze vergessen zu haben. Beim letzten Mal Zauberunterricht lobte er Louis sogar. Er hatte wahrscheinlich Besseres zu tun, als sich Gedanken über ihn zu machen. Egon gab Louis gestern einen Zettel, mit dem er ihn zu einem Treffen einlud. Es war ihm ganz recht Unterricht zu schwänzen, ähm aus wichtigen Gründen nicht anwesend zu sein, wie es auf dem Blatt stand. So machte er sich um 9 Uhr in der Früh auf den Weg zu Raum U136/C18. Der Name verwirrt etwas, aber der Raum ist relativ einfach zu finden. Mann muss nur mit dem Aufzug C in das Untergeschoss 136 fahren und dann nur noch den Raum 18 suchen. Jeder würde ihn für einen Vollidioten halten, wenn er erzählen würde, dass er in einem Palast mit über 136 Untergeschossen leben würde. Aber bis auf Egon und wenige andere hohe Tiere weiß wohl niemand, wie weit der Palast in die Tiefe reicht. Der Raum war mit den riesigen Kampf- oder Konferenzsälen vergleichsweise winzig, immerhin aber trotzdem doppelt so groß wie ihr altes Klassenzimmer. Ach, wie sehr er das alte, normale Leben vermisste. Aber das war ja jetzt vorbei. Mitten in dem weiß gestrichenen Zimmer stand ein dreieckiger Tisch. Zwei der Plätze waren schon besetzt. Auf dem einen Platz saß Egon und auf dem anderen Jennifer. *???* Er dachte, er wäre allein. Dann war das eben falsch. Louis setzte sich auf den freien Platz und wartete. Und wartete. Wartete auf irgendwas, was nicht kommen wollte. Man muss sagen, Geduld ist nicht eine seiner Stärken.

Er schaute fragend zu Jennifer, doch sie schaute ebenso unwissend zu ihm zurück. Viele, viele Ewigkeiten später sagte eine bekannte Stimme: „Sie können anfangen, ich kann sie hören." Und Egon begann zu sprechen: „Ich habe euch heute hierher gerufen um euch Informationen zu geben, die diesen Raum nicht verlassen dürfen, das gilt vor allem für dich Louis. Vor etwas mehr als einem Monat hat es einen Mord an einem Klassenmitglied gegeben. Leon wurde ermordet. Er sollte Teil eines Projektes, eines Teams werden, dazu würde auch Jennifer gehören. Der Mörder ist identifiziert, aber außerhalb unserer Reichweite. Wir werden uns um ihn kümmern, wenn die Zeit reif ist. Zum Team wirst du, Louis, hinzugehören, wegen guter Leistungen in der Zauberlehre. Ihr werdet bald ein drittes Mitglied bekommen. Zusätzlich bekommt ihr einen kleinen Kristall und seit somit immer erreichbar und müsst es auch sein. Wir werden immer wieder zusammen Aktionen durchführen. Dies wird nicht das letzte Treffen dieser Art sein. Und vergesst nicht, keine Informationen verlassen diesen Raum! Noch Fragen?" Louis hob den Zeigefinger und fing währenddessen schon an zu sprechen: „Willst du mich verarschen?" Egon schüttelte nur den Kopf: „Du bekommst alle genauen Informationen bald von mir. Ihr könnt gehen" Louis stand auf und ging seiner Wege und sah noch, wie Jennifer aufstand und zu Egon ging. Er hörte ein „Aber", war aber schon zu weit weg um sie zu verstehen.

25

Wettkampftag

Heute war ein ganz besonderer Tag. Nicht nur weil der Unterricht ausfiel, das wäre zwar auch was Besonderes gewesen, aber heute versammelte sich die ganze Schule. Ok, das war zwar nur seine Klasse, doch trotzdem etwas Besonderes. Egon stand vorne am Podest und hielt eine seiner langen Reden: „Seit über zweihundert Jahren findet jährlich am 20. Dezember ein ganz besonderes Ereignis statt. Die besten Zauberer und Krieger kämpfen gegeneinander, miteinander oder gegen einen anderen Feind. Und heute an diesem schönen, sonnigen Wintertag findet dieser Wettkampf nun statt. Ich bitte alle sich in die Kampflisten an den Computern dahinten einzutragen, sich für den Kampf vorzubereiten, ihr wisst schon, Kampfanzug und Waffen, und sich vor dem Palast zu versammeln“. Dann drehte er sich um. Mit einem leisen Summen erwachten die Computer zum Leben und boten verschiedene Kampfangebote an, bei denen man bei manchen sogar den Gegner anhand eines Bildes sehen konnte. Louis trug sich für einen Kampf gegen Egons Diamantenpeitscher ein. Das könnte was werden. Danach ging er zu seinem Zimmer, um sich fertigzumachen.

Draußen vor dem Palast war eine riesige Tribüne aufgebaut worden. Der Boden davor war mit Sand bedeckt. Die Plätze füllten sich langsam. Mit etwas Mühe und etwas Zauberei erwischte er noch einen Platz in der ersten Reihe. Als alle da waren, begann die Vorstellung. Es begann erst ganz leicht. In Zweiergruppen kämpften manche seiner Klassenkameraden gegen Sandleute. Sand, der sich wie ein Krieger verhält und bei Treffern zerfällt. Das war auch der Grund, warum der Boden mit Sand bedeckt war. Also kämpften sie nur gegen den Sand auf dem Boden, aber es war dennoch spannend. Die Zeit verging und es wurde Mittag. Ein Kampf regte seine Aufmerksamkeit auf sich. Jennifer wollte gegen einen doppelten Diamantenpeitscher kämpfen, einem Gegner so wie seiner, jedoch mit zwei messerscharfen Peitschen. Das Klopfen der drei Sandbändiger erweckte den Sand zum Leben. Eine ungefähr einmeterdreißig große Gestalt entstand, mit einen Totenkopf als Schädel und zwei schwarz leuchtenden Augen. Er hatte schon vor dem Kampf Angst vor seinem späteren Gegner. Gut war das sicherlich nicht. Aber noch war er nicht dran. Das war Jennifers Kampf. Ob sie wohl so gut war, wie die anderen behaupteten? Der Kampf begann blitzschnell. Die meterlange, messerscharfe, rechte Hand des Diamentenpeitschers raste nur wenige Zentimeter an ihr vorbei und zerschmetterte die dahinterliegende Wand. Weniger als eine Sekunde später folgte die Zweite und hätte Jennifer um ein Haar in zwei Hälften geteilt, wäre sie nicht in letzter Sekunde zur Seite gesprungen. Während der Peitscher seine Arme zurückzog, schnappte sie sich den Bogen, der hinten an ihrem Rücken befestigt war, und schoss einen Pfeil ab, der den Feind mitten ins Gesicht getroffen hätte. Der Pfeil wurde jedoch auf dem halben Weg aufgehalten. Der eine Arm des Gegners wickelte sich um den Pfeil und riss ihn in Stücke und raste weiter. Erneut schleuderte Jennifer sich zur Seite um dem tödlichen Geschoss, welcher die Wand hinter ihr letztendlich zu Kieselsteinen verarbeitet hatte, auszuweichen. Der Arm des Peitschers wurde langsam wieder zurückgezogen. Louis sah einen Schwachpunkt. Er, der Peitscher, hatte seine gesamte Kraft in die ersten Schläge gesteckt. Jetzt ging auch seine Kraft aus. Auch Jennifer erkannte das. Sie stellte einfach ihren Fuß auf den Arm. Sie rechnete damit, dass sie ihn somit noch mal verlangsamen würde. Doch der Peitscher war schlauer als er aussah. Mit einem Ruck zog dieser den Arm weg. Sie wurde in die Luft geschleudert, um im selben Moment von dem zweitem Arm getroffen zu werden. Bevor sie auch nur reagieren konnte, wurde sie gegen eine weitere Wand geschleudert, welche Sekunden davor aus dem Boden gefahren war und sie musste das Feld mit einer verwundeten linken Schulter auf den Weg zum Lazarett verlassen. Jetzt war er dran.

Er machte sich auf den Weg zur Arena, um sich seinem Feind zu stellen, nachdem schon Jennifer an ihrem gescheitert war. Er war gerade vor der kleinen Treppe, die zwar nur aus zwei Stufen bestand, aber trotzdem eine Barriere zwischen Arena und Tribüne war, als der Sand sich zu bewegen begann und sein Gegner auch schon entstand. Sein Diamentenpeitscher war etwas größer als der davor. Waran dies lag, konnte Louis nicht feststellen. Vielleicht sollte er einfach dadurch stärker wirken, aber die Tatsache, dass er nur eine Peitsche hatte, machte ihn zwar nicht schwach, aber zumindest schwächer. Als er auf dem Sandboden der Arena ankam, war der Diamantenpeitscher gerade fertig, abfahrbereit in die Hölle. Die Peitsche aus Metall begann sich über den Kopf des Bändigers zu kreisen und schlug mit voller Kraft auf Louis ein, welcher sich aber nur zur Seite drehen musste, um den Schlag auszuweichen. *Knapp!* Die Spitze der Peitsche bohrte sich tief in den Boden hinein, um sich direkt darauf wieder zu entfernen. Louis trat ein paar Schritte auf ihn zu. Wie sollte er seinen Gegner besiegen, wenn er nicht näher an diesen kam. Der Diamantenpeitscher ließ erneut seine Peitsche über seinen Kopf kreisen und wartete auf einen Moment seiner Unachtsamkeit. Wie sollte er bloß näher an diesen kommen, wenn dieser ihn bei einer falschen Bewegung in zwei Teile zerteilen würde? Darauf konnte er getrost verzichten. Erneut schlug die Peitsche auf ihn und er musste sich zu Boden werfen, und verlor zahlreiche Sekunden, um wieder aufzustehen. Und der Diamantenpeitscher schwang schon wieder seine Peitsche über seinen Kopf. *Er wartete nur auf ihn. Er spielte mit ihm!* Das musste er ändern. Louis rannte los. Immer schneller und schneller. Der Arm des Diamantenpeitschers bewegte sich und ebenso die Peitsche und richtete sich auf ihn. Jetzt erst nutzte Louis seine Begabung. Hinter ihm wurde geklatscht. Immer im Takt der Trommeln der Sandbändiger, welches aber immer langsamer zu werden schien. Die Spitze der Peitsche kam immer näher auf ihn zu, wurde aber immer langsamer. Louis verlagerte sein Gewicht und hörte auch auf zu laufen und glitt nur noch über den Boden auf den Diamantenpeitscher zu. Er drehte sich geschwind und stand nun direkt hinter dem Bändiger. Er verdrehte seine Hand und eine kleine blaue Kugel entstand darin. Darin spiegelte sich eine kleine Szene ab. Ein Feuer brannte, darin mehrere Personen erkennbar. Große Steinbrocken lagen überall herum. Die Kugel hatte sich geschlossen, sowie auch die Szene endete. Der Diamantenpeitscher vor ihm wurde durch die Druckwelle der Kugel, welche nun aufplatzte, zerstört und Tausende Sandkörner flogen auf ihn.

Louis drehte sich um. Er stand auf dem Erdboden. Kein einziges Sandkorn war noch unter seinen Füßen, sonder hatte sich um einen Kreis um ihn herum aufgestapelt. Leiser Applaus war zu hören, wurde stetig lauter. Louis machte sich auf dem Weg zur kleinen Treppe um sich wieder von der Arena zu entfernen und den nächsten Kämpfer Platz zu machen. Vielleicht würde er auch die Krankenstation aufsuchen. Seine rechte Hand schmerzte, nachdem er mit dieser den

Energiestoß getätigt hatte. Er trat gerade auf die Stufe, als ein paar kleine Sandkörner sein Bein kitzelten. Er blieb kurz stehen und drehte sich um. Hinter ihm drehten sich Sandkörner langsam im Kreis, ohne das die Sandbändiger ihre Trommeln nutzten. Gehörte das etwa noch zum Kampf dazu? Sollte Louis weiterkämpfen? Verwundert, aber innerlich gespannt auf eine Fortsetzung drehte er sich kampfbereit um.

Der Sand kreiselte immer schneller, bis er schließlich einem Tornado ähnelte. Kurz blinkte der Sand bläulich auf und es gab einen ohrenbetäubenden Knall und dann legte sich der Sand wieder. Mitten im Zentrum war ein Mann erschienen. Hingegen zu „normalen“ Menschen bestand seine Haut nur aus Metall. Er war einer der sagenumwobenen Metallbändiger, Menschen, die die Kraft des Metalls kontrollieren und somit eine fast unzerstörbare Oberfläche bilden. Der Mann drehte sich einmal im Kreis und blieb dann mit dem Blick auf Egon gerichtet stehen. „Ich fordere dich zu einem Kampf auf!“, sagte er mit einer tiefen dunklen Stimme. „Willkommen mein Freund, willkommen in meinem Palast. Du willst mit mir kämpfen? Wie du willst!“, antwortete Egon. Er sprang nach vorne, noch in der Luft veränderten sich seine Klamotten. Er war nun vollkommen schwarz gekleidet. Im Sprung holte er ein schwarzes Schwert hervor und hätte vielleicht den Mann zerteilt, wäre dieser nicht einen Schritt zur Seite gewichen. Auch dieser zauberte sich ein Schwert in die Hand und es entstand ein blitzschnelles Duell zwischen beiden. Der Kampf schien zuerst vollkommen ausgeglichen. Egon wich dem Hieb des Bändigers aus, indem er sich nach hinten beugte und die Klinge nur an seinen Haaren schleifte. Blitzschnell kam dann der Gegenschlag, wobei die beiden Schwerter, die einen schwarz, silbern Kontrast bildeten, im Sekundentakt aneinander schlugen, sodass sie Funken sprühten. Eine Luftwelle, wo nicht klar wurde, von wem sie gezaubert wurde, trennte danach die beiden. Es entstand eine kurze Pause, die beide nutzten. Die schwarze Klinge in der Hand von Egon zersplitterte in endlos viele Stücke, welche auf den Sandboden fielen und dort untergingen. Egon warf den Knauf des Schwertes davon, welcher sich mehrmals drehte und auf den Platz, wo Egon gesessen hatte, stehen blieb und sich senkrecht aufrichtete. Egon bückte sich auf den Boden und steckte seinen ganzen Arm in den Boden hinein und zog sie wenige Sekunden später wieder hinaus, nur mit dem Unterschied, dass er nun wieder eine Waffe in der Hand hielt. Es war ein Schwert, so dunkel, das es so schien, ob die Klinge das Licht in sich hineinsaugen würde. Die Klinge selbst reflektierte kein Licht. Nur ein kleiner Schriftzug tat das und war so leicht zu erkennen. << *ilfirin* >>, prägte das Schwert. Keine Ahnung, was dies bedeutete. „Sir von Ironstone möchten sie resignieren", fragte Egon und lächelte schadenfroh. Der Angesprochene schüttelte den Kopf, sah sich sein Schwert an und strich zart über die Klinge, worauf sich das stark beschädigte Metall neu bildete und die Klinge einer neu geschmiedeten glich. Er spuckte einmal auf den Boden, wobei es mehr Blut war als Spucke. Der Sand auf dem Boden nahm die eklige Flüssigkeit sofort auf und lies sie verschwinden. Der Metallbändiger rannte mit erhobenem Schwert und einem überraschend lautem Kriegsschrei auf Egon zu. Er schwang sein Schwert immer schneller hin und her. Die direkt nach vorne gerichtete Klinge bahnte sich den Weg und wurde von Egons Schwert genau auf der ungeschliffenen Seite getroffen. Wurde aber nicht abgelenkt und bohrte sich mitten in die rechte Schulter von Egon. Sir Ironstone überschlug sich einmal und blieb auf dem Rücken liegen, um sich Sekunden später wieder aufzurichten. Er schaute sich seine Klinge an. Dort wo die andere Klinge sie getroffen hatte, war sich durchgetrennt worden. Er strich erneut über die Klinge um sie zu regenerieren. Jedoch bleib die Wirkung aus. Egon stützte sich langsam mit seinem Schwert auf und begutachtete seine Wunde. Als er wieder stand, griff er nach der Klinge und zog sie mit beiden Händen heraus. Bevor Louis sich die Wunde überhaupt ansehen konnte, krochen Sandkörner hinein und schlossen sich. Sir von Ironstone hatte sich gewiss den schlechtesten Ort ausgesucht, um gegen einen Sandbändiger zu kämpfen. Sir Ironstone schleuderte seine beschädigte Klinge davon und begab sich eher flüchtig zum anderen Ende der Arena um sich eine neue Waffe zu besorgen. Das neue Schwert begutachtete er von allen Seiten, um sich dann wieder auf Egon zu stürzten. Dieser war wohl nach dem letzten Angriff nicht mehr so gut gelaunt und entgegnete dem Kampf aggressiver. Ein blitzschnelles Duell entstand, welches immer Schneller wurde, bis man nichts mehr erkennen konnte. Erst nach einiger Zeit wurde sichtbar, wie unterlegen der Metallbändiger war. Seine unzerstörbare Haut wurde mit der Zeit immer wieder getroffen und seine Kräfte ließen langsam nach. Was für eine Klinge Egon führte, sie vermochte Metall zu zerstören. Auch der Angreifer merkte, dass er unterliegen würde. Er hob seine linke Hand, wo man schon deutlich Risse und Einkerbungen sehen konnte, und machte sich seine Kraft zunutze. Die vielen verschiedenen Waffen, die auf einen Tisch ausgebreitet lagen, begann sich langsam zu erheben und sich gegen Egon zu richten. Dieser aber beendete den Prozess, indem er mit einem geschickten Schlag die rechte Hand des Bändigers abtrennte und seine Klinge vor dessen Kehle zum Stillstand brachte. Der Kampf war beendet. „Sir von Ironstone, was führt sie herbei in mein...“, wollte Egon sagen, wurde aber von einem lauten Knall unterbrochen. Einem sehr lautem. Eine schwarze Rauchwolke strömte durch einen riesigen Krater mitten in der Palastwand hindurch. Kleine, große Trümmer regneten auf sie herab, schafften aber nicht den Boden zu treffen, sonder blieben einfach in der Luft stehen. Louis hörte ein piepsen. Sonst nichts. Gar nichts. Irgendwas war passiert. Er musste in den Palast. Er verschwand in der Zeit und war schon fast beim Tor des Palastes, als etwas an ihm vorbeischoss. Es war so schnell, dass es ihn von meiner Konzentration löste und er der Länge nach auf den Boden landete. Wenige Sekunden später folgte Louis ihm.

Der Raum sah einfach grauenhaft aus. Überall lagen Gesteinsbrocken. Als er hineintrat, hob einer dieser tonnenschweren Asphaltstücke vom Boden ab und es erschienen zwei Gestalteten. Zwei verletzte Personen lagen darunter. Sie waren von einer Blutlache umgeben, die sich langsam verbreitete. Irgendetwas Schreckliches war hier passiert. Vor den zwei Personen stand ein weiterer. Als er wieder in die normale Zeit eintauchte, erkannte er diesen auch. Es war Egon, und er zauberte. Das Blut floss in die entgegengesetzte Richtung und verschwand in den tiefen Wunden, die dann aber kurz darauf nicht mehr so tief waren und sich langsam schlossen, großen Narben wichen, die auch immer kleiner und unauffälliger wurden und schließlich vollkommen verschwanden. Es war ein Heilzauber. Ein mächtiger. Das alles passierte aber nur einer Person. Die andere stand still, reglos. Es war eine von den Ärztinnen. Und sie war tot. Louis konnte sehen, dass dort nichts mehr in ihr drinnen war. Nichts mehr, was ein Zauber heilen kann. Sie war verloren. Hatte ausgedient. Es schien ihm so, als sah er doch etwas. Etwas strahlend Helles. Ja, dort war etwas. Nichts, was man berühren konnte. Nichts, was jeder sehen konnte. Er konnte sehen, wie sie sich auf ihre letzte Reise machte. Die gelb strahlende Person drehte sich zu ihm um und es schien, als ob sie ihm kurz zulächelte, denn Mund bewegte, um ihm etwas zu sagen. Doch er konnte es nicht verstehen. Dann öffnete sie ihre riesige Flügel, mit denen sie sich in die Höhen erhob und durch die Decke verschwand. Feine helle Lichtperlen sanken langsam von der Decke ab, bis sie nicht mehr zu erkennen waren. Was war hier nur geschehen? Er bemerkte, dass noch andere Leute den Raum betraten. Er hörte nur das Piepsen. Da war nur dieses Piepsen. Immer und immer der gleiche Ton. Es waren Lehrer. Sie schrien etwas. Er sah, dass sich die Münder bewegten. Er hörte nichts. Er hörte nichts. Würde er jemals wieder etwas hören? Oder war er taub. Gefangen mit dem Piepsen, bis an das Ende seiner Tage, bis der Tod ihn des Leidens befreit. Er stand die ganze Zeit über dort, hatte sich nicht gerührt. Und würde es auch nicht aus eigener Kraft tun. Es war zu viel geschehen. Er wusste, viel würde sich verändern. Vielleicht alles. Das Denken wurde immer schwerer. Alles ging ihm zum ersten Mal, seit langer Zeit, zu schnell. Der Boden näherte sich ihm. Er kam näher und näher, bis alles um ihm herum schwarz wurde. Da war nur das Piepsen. Nur das Piepsen. …

Warum wurde dieser Raum, in dem er sich befand, so oft genutzt? In den Monaten, in dem sie sich jetzt schon hier befanden, war andauernd jemand hier. Als ob dieser Raum verwünschen wäre. Oder gleich der ganze Palast. Oder die Welt. Louis war im Lazarett. Dieser vollkommen weiße Raum, in dem man tagelang alleine sitzt und sich langweilt. So hatten es ihm die anderen erzählt. Das wäre schön gewesen. Er war einfach nur fertig. Man hatte ihm erzählt, dass er SECHS Tage lang geschlafen hatte. Er hatte ihnen zwar nicht geglaubt, trotzdem fühlte er sich schlecht. Das hatte er, vielleicht schon einmal gesagt. Nun ja. Man kam dann irgendwann in sein Zimmer, seins war es eigentlich nicht, er war eben ganz alleine dort und brachte ihn weg. Erst dachte er, jemand anderes würde den Platz dort benötigen, hätte ja sein können, und man brächte ihn in sein Zimmer. Aber er lag falsch. Louis wurde abgeholt und einfach nach oben geschleppt. In einen Saal. Einen Großen vor allem. Eigentlich zu groß für die dreiundzwanzig Schüler und die rund Dutzend Lehrer. Der Raum war ausgeschmückter als jeder andere, den er betreten hatte. Die Wände waren mit goldenen Linien verziert, die Bilder und Texte zeigten. An den freien Plätzen ragten riesige Kletterpflanzen in die Höhe. Der Boden war aus spiegelnd weiß poliertem Marmor und zeigte die Decke, die aus farbigem Glas bestand und die Geschichte auf der Wand fortsetzte. Weit hinten an der Wand, die am weitesten von Eingang entfernt lag, war ein kleines Podest. Wenige Meter darüber hing eine riesige Uhr, die nicht nur den Tagesverlauf anzeigte, sondern Tages, Wochen, Jahresverläufe anzeigte. Aber diese Uhr konnte nicht Stimmen. Sie zeigte an, seit über 50 Millionen Jahren zu existieren. Zusätzlich dazu war die Uhr falsch. Die Uhrzeit, die sie zeigte, war falsch. Alles in allem war es ein bezaubernder Raum. Aber warum brachte man ihn hierher? Die einzigen Leute, die er fragen hätte können, verschwanden gerade eben durch die Eingangstür. Er war alleine in einem Saal, so groß, dass eine Armee darin Platz gefunden hätte. Allein blieb er nicht lange. Es vergingen nur wenige Minuten und auch der Rest seiner Klasse erschien. Die Lehrer drängten alle in die Mitte des Raumes und er folgte ihnen. Sobald sie sich alle versammelt hatten, gingen die Lehrer nach vorne, hinauf zum Pult. Man könnte schon sagen, sie rannten eher. Und es verging nicht viel Zeit, als auch Egon auftauchte. Louis hatte eine Reaktion erhofft, als dieser an ihnen vorbeiging. Er hoffte, Egon würde ihn anschauen, vielleicht auch böse. Er hoffte, dieser würde vielleicht etwas sagen. Aber Egon ging weiter hinauf auf das Pult. Dort redete er mit den zwei Lehrern, die noch dort waren. Louis wandte sich ab. Er musste sich informieren über alles, was in den letzten Tagen passiert war. Er erinnerte sich nur an einen Knall. Und an den Raum, der so sehr zerstört war. Nur an das Piepsen erinnerte er sich. Er sah Nils und ging zu ihm hin und fragte, was alles passiert war, doch er schaute ihn nur erschrocken an und rannte die kurze Distanz hinüber zu Justus und Henry zeigte auf ihn. Alle zusammen schlenderten sie extra langsam auf ihn zu, um ihn zu reizen und er war sehr reizbar. Und das nutzten sie gnadenlos aus. Die Langeweile fraß ihn schon von innen auf, als sie nach einer gefühlten Ewigkeit endlich vor ihm standen und sich nur seltsam ansahen. „Was hast du mit deinem Gesicht gemacht?", fragte Nils und brach die Stille. „Was soll denn damit sein?", antwortete Louis verwundert. „Ja, diese riesige Narbe auf deinem Gesicht. Bist du etwa blind und siehst das nicht?", entgegnete er ihm, niederträchtig wie immer. Aber Louis musste ihm glauben. So wenig wie er ihn mochte, desto weniger konnte auch er Nils leiden. Ok, er war nicht immer leicht zu ertragen und daher verstand er das auch, aber Nils war nicht sehr viel besser. Das gab ihm somit auch nicht das Recht, über ihn zu urteilen. Aber angesichts dieser Ereignisse, und Louis meinte damit definitiv nicht Matheereignisse, sondern das, was in den letzten Tagen passiert war, musste er ihm glauben. So wollte er sich auf den Weg zu der vergoldeten Wand machen, um sein Spiegelbild zu sehen, was ja angeblich verletzt sein soll, aber etwas hinderte ihn daran. Die normale Zeitstufe zu verlassen war zwar kein Problem, und das hatte er nicht erwartet nach alledem, doch er knallte gegen eine Wand. Keine echte Wand, so dumm war er nicht, er meinte natürlich eine imaginäre Wand. Er wurde wieder in die normale Zeitstufe zurückkatapultiert. Verwundert berührte er die Stelle, die ihm seinen Plan ruiniert hatte und es wurden kleine, bläulich gefärbte Sechsecke sichtbar, die bei der kleinsten Berührung schon kleinste Stromschläge verteilen. Die anderen, und damit war nicht die gesamte Klasse gemeint, sondern nur Henry, Justus und Nils, kamen langsam zu ihm hinüber. Sie waren es gewöhnt, dass er manchmal einfach so verschwand und irgendwann wiederkam (und sie meis- ähm manchmal auch erschreckte), aber nicht dass er nach einer so kurzen Strecke wieder auftauchte, was alleinige Energieverschwendung wäre. Aus seiner Sicht wäre es das, aber Louis möchte sich nicht die Energie vorstellen, die man braucht, um einen so großen Raum in zwei Hälften zu teilen. Sie kamen an und sogleich hatte Henry die brillante Idee, seine Hand in die Wand hineinzustoßen und sie gleich wieder unter Schmerzen zurückzuziehen. Louis drehte sich um, irgendjemand stand hinter ihm. Und wer war es wohl? Natürlich Egon, der die Unwissenheit der anderen ausnutzte, um ihnen erst mal einen riesigen Schrecken einzujagen, auf dessen Rache Louis sich schon freute. Egon, aber verschwendete keinen weiteren Gedanken an sie, sondern klatschte laut und die Wand wurde sichtbar. Es passierte aber noch etwas. Auf den beiden nun ausgeschlossenen Seiten, und ja es sind zwei, es gab noch ein Zweites, öffnete sich das Dach und gab den Blick auf einen völlig schwarzen Himmel frei, der so aussah, als bewege sich dort etwas. Egon murmelte nur leise hinzu, dass Louis nichts im Gesicht hätte.

26

Erschreckender Besuch

Die letzten Tage waren, die schrecklichsten an die ich mich erinnern kann. Es war ein Anschlag. Das hatte ich vorhergesehen, aber nicht, dass es irgendjemand von uns sein würde. Und es wird noch schlimmer. Ich weiß nicht wer, das heißt, es könnte jeder gewesen sein. Jeder Einzelne von diesen Schülern, die jetzt vor mir stehen und darauf warten, dass ich irgendetwas sage. Aber was soll ich sagen? Dass heute der Albtraum sie besucht, der Teufel, oder klingt Tod besser und wenn besucht es nur annähernd treffen würde. Man müsste wohl eher sagen einzieht, aber auch das wäre zu nett. Und nur einer von ihnen ist daran schuld. Einer hat mich zu dieser Entscheidung gezwungen.

…

Der Himmel war fast annähernd schwarz. Abgesehen davon gab es kleine weiße Linien, die das Schwarz in Gebilde teilten. Diese wurden immer größer und größer und schließlich landete ein solches auf dem *Boden.* Ja richtig gelesen. Auf dem Boden. Es war wie ein Mensch geformt, aber annähernd drei Meter groß und *tot*. So schien es zumindest. Es trug einen schwarzen Umhang, der annähernd bis zum Boden reichte. Nur unten schauten fünf weiße Knochen hinaus. Einer hinten, der Rest vorne. An den Spitzen liefen sie zu Stacheln zusammen. Das Etwas erhob sich und die Hände wurden sichtbar. Sie waren ebenso geformt wie die Zehen. Es schaute auf und blickte direkt auf sie. Das Gesicht war so schlimm. Jennifer hatte schon viele Totenkopfbilder gesehen, aber das Bild, das sich ihr nun bot, überragte alles andere. Es hatte zwei riesige schwarze Augenhöhlen in denen kleine Nebelschwaden umhertrieben. Und da waren auch die Zähne. Es hatte zwei über zehn Zentimeter lange Zähne. Und das Ding schaute direkt auf sie. Es wandte sich Gott sei Dank

von ihr ab und trat einen Schritt nach vorne. Ihm folgte ein nächster und dem ein nächster und ein nächster, bis zuletzt der gesamte von ihnen abgeschirmte Raum gefüllt war. Es wurden immer mehr, bis der Himmel letztendlich wieder blau war. Die Krieger gingen allesamt auf die Knie. Nun war es an Egon, sie auch einzuweihen, was hier passierte. Und dieser zögerte den Moment so lange heraus, wie nur möglich. Vielleicht wollte er sie nur ärgern oder vielleicht wollte er diesen schrecklichen Geschöpfen nur aus dem Weg gehen. Als ob die ihre Gedanken gelesen hätten, schauten sie alle sie an und einer rannte auf sie zu um wenige Sekunden später in Flammen aufzugehen und umzufallen, nachdem es die Schutzwand berührte. Diese Wesen mochten sie nicht und sie sie auch nicht. Das reichte Egon wohl als Startsignal und so stand er auf und begann zu reden: „Ihr wundert euch sicherlich, was das alles soll. Die Ereignisse der letzten Tage zwingen mich, das zu tun. Diese ganzen Krieger um euch herum verbreiten meine Anwesenheit, wenn ich nicht erreichbar bin. Von nun an werden sie das gesamte Gelände überwachen. Es gibt nun eine neue Regel zu beachten. Niemand darf das Schulgelände verlassen. Das ist alles. Ach ja. Eine Sache noch. Berührt auf keinen Fall einen der Krieger, es wäre das Letzte, das ihr tätet!" Und er ging. Einfach so. Was waren diese Dinge? - Hinter ihr schlich sich jemand an! *Wenn das einer dieser Dinge ist, bring ich es um!* Sie zögerte nur kurz. Jennifer drehte sich um, packte die Person am Genick, holte ihr kleines verstecktes Messer hervor und hielt es ihr an den Hals – und ließ sofort wieder los. Es war ein Fehler. Es war ein Lehrer. Und auch nicht irgendeiner. Nein, es war Herr Reisinger, ein Lehrer, mit dem man definitiv nichts, aber auch gar nichts zu tun haben will und noch weniger ihn gegen einen haben möchte. Aber er hatte wohl nicht vor ihr eine Standpauke zu halten. Er stand auf, packte sie am Arm, zog sie hinter sich her und sagte nur, dass ein er sie sprechen wolle. Sie wehrte sich nicht. Jennifer glaube in einer Tatsache waren sie sich beide einig: Sie wollten beide den Raum so schnell wie möglich verlassen. Er brachte sie in einen Raum, den sie noch nie betreten hatte. Im Vergleich zu dem vorherigen Raum war er klein, aber zu ihrem Zimmern riesig. Aber nicht die Größe macht ihn besonders. Es waren die Wände. Herr Reisinger schloss die Tür hinter sich und sofort verschwand sie in der Wand. Jede Wand zeigte ein anderes Bild. Eins war Paris, die Stadt der Liebe, ein anderes Istanbul, die Metropole zwischen Europa und Asien, und so ging es alles vier Wände weiter. Es waren keine normalen Bilder. Nein, die Bilder bewegten sich. Das Bild von Paris näherte sich immer weiter dem Eiffelturm, bis man in das Restaurant im zweiten Stock hineinsehen konnte. So sehr wünschte sie sich jetzt, dort zu sein. Aber ihre Gedanken wurden unterbrochen. Und sie erfuhr, wer er war. Es war Egon. Ok, darauf hätte man schon früher kommen können, aber es hätte ja auch irgendjemand anderes sein können. Na ja, er war es. „Hallo Jennifer, ...“, fing er an, doch sie unterbrach ihn: „Was sind das für Dinger?“ „Ok, Ok, nimm erst mal Platz!“, antwortete er ausweichend und betonte seine Anweisung zusätzlich, indem er auf die Sofas zeigte, die eben in diesem Moment aus dem Boden fuhren. Das Timing war perfekt, aber wer weiß, vielleicht war dieser Raum auch nur deshalb geschaffen, um perfekt zu sein. Wie auch der gesamte Palast und jeder, zumindest fast jeder Raum darin. „Diese Wesen waren früher das Gleiche, was wir jetzt sind.“ - „Was ist mit den Zähnen? Wir haben doch normale“ - „Noch, doch das wird sich ändern.“ - „Und du doch auch?“ - Nein, es gibt so viel über Zauberei zu lernen, aber wir kommen vom Thema ab. Ich hab dich wegen etwas anderem hergeholt.“, er lächelte ihr zu, wobei seine Zähne sich veränderten. Vier riesige Reißzähne wurden deutlich erkennbar. Dann schloss er seinen Mund und machte eine kleine Pause und sah sich um. „Magische Wesen, wie wir es sind, werden in - man kann sagen - Stufen oder Level eingeordnet. Jedes Level hat seine eigene Höchststärke. Das soll verhindern, dass es verschieden starke Zauberer gibt, die dasselbe Element beherrschen. Jeder Feuerbändiger ist immer genauso stark wie alle anderen auch. Es gilt das Gleichgewicht: Feuer gegen Wasser, Schatten gegen Licht und immer so weiter. Die Siebte und auch letzte ist denen vorbehalten, die man nicht in die anderen Stufen einordnen kann. Und dazu gehörst auch du. Grundsätzlich darf es nur zwei Zauberer geben, die man dazu zählen kann. Die Energie aller magischen Wesen und auch Menschen werden vom Energinator kontrolliert. Die Zeit und die Elemente dienen dem anderen. So war es vor langer Zeit, bis ein Fehler gemacht wurde. Nun gibt es vier Wesen“, hielt er ihr eine lange Rede. Sie war so etwas Besonderes? „Lass mich raten. Kälte ist einer dieser Überflüssigen? Was ist er überhaupt“ - „Niemand ist jemals überflüssig, aber du meinst das Richtige, ja und Zeus, war, nein ist, der Zweite. Was Kälte ist, willst du wissen. Nicht dein erst. Hörst du mir überhaupt zu, wenn ich im Unterricht was erkläre. Kälte ist der Wächter des Kristalls der Kälte, wenn niemand den Kristall kontrolliert, dann gehört er ihm“ - „Und was spielen diese Dinger für eine Rolle?“ - Sag bitte nicht *Dinger,* das klingt so böse. Es sind Jäger. Sie jagen Kälte und auch jeden anderen, der sich gegen mich stellt. Aber nicht nur Kälte, sondern auch jeden anderen Zauberer der siebten Stufe, also auch **dich**.“- „Deshalb schauen sie mich so böse an. Weil du sie hinderst, mich anzugreifen.“ - „Nicht einmal ich kann sie aufhalten. Es sind Zauber nötig, älter, als die Schwarze Magie, die sie am Leben erhält.“ - Aber du hast doch einen von ihnen getötet.“ - „Nicht getötet, sondern nur ausgeschaltet. In wenigen Stunden wird er sich wieder regenerieren und noch wütender werden als zuvor. Man bräuchte immens viel Energie um sie aufzuhalten – Und nicht mal du hast genug davon, zumindest noch nicht. Aber es gibt einen anderen Weg. Doch ob du den beschreiten willst, musst du entscheiden.“ - „Warum sind sie nicht hier?“ - „Was sollen die denn im meinem Zimmer?“ Also ist das doch sein Zimmer. „Die sind doch sonst überall. Wo soll ich denn hingehen?“ - „So leid es mir tut, du musst hier bleiben. Ich komme in einer Stunde wieder. Treffe bis dahin eine Entscheidung!" - „Halt!", rief sie, streckte ihre Hand aus, um ihn am Gehen zu hindern, doch bei der Berührung zerfiel er zu Sand und verschwand durch die kleine Rille unter der Tür, die dann auch noch zugesperrt wurde, wie man vernahm. Sie war eingesperrt. Schon wieder!

27

Beginn der Jagd

Woher soll ich denn noch wissen, wann das war?

Er war verschwunden. Einfach weg. Niemand, den ich in den letzten Jahren gesehen habe, konnte mir sagen (auch unter Folter) oder denken, wo er war. Wer er ist? Ist doch klar. Von wem ich wohl spreche? Kälte, wer denn sonst? Eine Person alleine reicht nicht aus, um ihn zu finden. Ich brauchte Unterstützung. Aus diesem Grund reiste ich den gesamten Weg wieder zurück. Dahin wo alles angefangen hatte. Im Gegensatz zur Hinreise war die Zeit, die ich für die Rückreise brauchte, nicht nennenswert. Ich hatte in den letzten Jahrhunderten so viel Zeit gehabt meine Zauberkräfte zu verstärken, sodass ich neue Methoden besaß. Viele neue Methoden. Das Land war wie damals, als ich es verließ. Tod. Die Erde hatte sich im Umkreis meiner alten Burg schwarz gefärbt. Vom Boden stiegen giftige Dämpfe auf. Hier war alles tot und würde es auch für die nächsten Jahrtausende bleiben. Ich ging weiter. Ich hatte einen Plan. Einen Plan, der mich diesmal nicht wieder verraten konnte. Man macht einen Fehler niemals zweimal, weil man entwe-

der nach dem ersten Mal tot ist oder daraus lernt. Ich war umgeben von Leichen. So wie es aussah, hatten viele versucht, das Land zu durchqueren und waren qualvoll dabei zugrunde gegangen. Nein, ich hatte kein Mitleid mit all den Menschen. Kein bisschen. Ich habe alles wegen ihnen verloren und auch sie würden irgendwann meine Rache spüren. Ich war angekommen bei meiner Burg. Die vielen Jahre hatten ihr stark zu schaffen gemacht. Ich setzte mich hin. Vor so vielen Jahren war ich hier nach einer schrecklichen Tat aufgewacht. Nun würde ich sie fortsetzen. Ich grub mich in die tiefsten Winkel meiner Seele hinein, bis ich gefunden hatte, was ich gesucht hatte. Das Evil, das reine Böse auf der Welt. Es waren nur noch Stücke übrig. Die Kraft, die es damals nutzte, war fast vollkommen verbraucht. Bis auf einen kleinen Rest. Und ich tat den zweitgrößten Fehler meines Lebens. Ich gab den zweiten Teil meiner Seele neue Kraft und es nahm sie dankend an und holte diese armen Seelen aus den Tiefen der Hölle zurück, damit sie mir dienen konnten.

28

Gefühlseinsatz

Es dauerte länger als eine Stunde. Egon war mehr als zehn Minuten zu spät. Er hätte aber auch früher kommen können. Jennifer hatte sich entschieden. Sie hatte doch eh keine Wahl. Sie musste es tun. Oder natürlich kann sie sich ja von denen umbringen lassen. Etwas knallte gegen die Wand des Raumes. Sie wusste, wer das war und in diesem Moment war sie sehr froh, in diesem Zimmer zu sein. Und dann kam auch Egon. Nicht wie ein normaler Mensch, sondern als kleine Sandspur, die sich langsam zu einer Person formte. Ob man als Energinator auch so was tun konnte? Nun war er vollkommen regeneriert. Er setzte sich wieder auf das Sofa, als ob es ihn angestrengt hätte, was Jennifer sich eher schwer vorstellen konnte. „Was muss ich tun?", fragte sie ihn und ließ ihm keine Zeit sich zu erholen. „Es gibt eine Möglichkeit. Es hat zwar etwas gedauert, aber ich bin in unserer Bibliothek auf etwas sehr Interessantes gestoßen. Zauberei ist machtlos gegen Gefühle." - „Und was bedeutet das?" - „Wir können dies als Verteidigung nutzen, müssen es aber noch ausbauen." - „Willst du damit sagen, ich fühle nichts." - „Nein, aber man kann dies noch sehr weit steigern." Er klatschte laut und die *Tür* öffnete sich. Es vergingen nur wenige Sekunden, bis eines der Wesen die Chance ergriff, den Raum zu betreten. Jetzt war es mit ihr aus. Was hatte das für einen Sinn? Das alles. Doch Egon schien das nichts auszumachen und sie wollte jetzt auch nicht als ängstliches Mädchen dastehen, konnte aber nicht verhindern, bleich zu werden. Ihr kurzes Leben würde jetzt ein Ende haben. Das Monster stürmte auf sie zu. Und Egon tat nichts. Einfach nichts. Das machte sie fertig. Wie kann er denn nichts tun. Im Angesicht dieser Monster. Und das Ding soll so etwas, wie sie sein? Sie möchte nicht so etwas werden. Jemand so Schreckliches. Sie wollte keinen Schrecken verbreiten. Sie wollte nicht gefürchtet werden. Es gab noch so viel auf dieser Welt, was sie machen wollte. Da war an erster Stelle Paris, die Stadt der Liebe mit dem Eiffelturm und anderen Attraktionen. Doch dazu kam es nicht. Egons Hand leuchtete auf. Nicht blau, wie sie es mehrmals gesehen hatte, sondern schwarz. Schwarz wie der Tod, dem sie vielleicht doch entgehen konnte. Schwarz wie das Böse. Ebenso schwarz wie das Monster, das auf sie zurannte. Doch das Ding änderte sich. Ein starker Gegenwind erfasste es und so wurde es immer langsamer, bis es endlich stehen blieb. Hinter dem Monster erschien etwas Schwarzes. Es wurde immer größer und schien eine riesige Anziehungskraft zu haben, die das Monster anzog, von der sie aber nichts abbekam. Es heulte auf. Jennifer hielt sich die Ohren zu.

Dann verstummte es und wurde zugleich von dem schwarzem Loch eingesaugt, welches sich danach schloss. Die Angst wich von ihr. Sie fühlte sich plötzlich schwach und musste sich setzten. Es war möglich. Es gab einen Ausweg. Egon setzte sich neben sie und sagte, sie sei dran. „Nein!“, schrie Jennifer, aber die Tür öffnete sich schon. Sie war auf sich allein gestellt. Und es erschien ein alter Bekannter bei der Tür und rannte auf sie zu.

29

Beginn der Jagd

Es war geschafft. Der Krieg ging weiter. Ich hatte es geschafft. Meine neuen Krieger verteilten sich. Überall waren sie auf der Suche. Eine Suche, so hoffte ich, die bald ein Ende haben würde. Doch der Erfolg blieb aus. Ich langweilte mich. Der einzige Sinn war mir abgenommen worden. Was sollte ich denn tun? Irgendwann kam ich auf die Idee, mich mit der Zukunft zu beschäftigen. Ich ging alle Möglichkeiten durch. Merkte mir vielleicht wichtige Details. Entwickelte Technologien weiter, die erst ansatzweise in Jahrtausenden entstehen würden, und erforschte den menschlichen Körper oder den von anderen magischen Wesen. Alle Informationen sammelte ich in einer unterirdischen Bibliothek. Aber diese musste von den gierigen Menschen geschützt werden. Daher rief ich die Jäger zurück, damit sie mich vertraten, während ich mich auf Erkundungstour machte.

30

Enttarnt ?!?

Louis war wieder auf der Flucht. Wer weiß, vielleicht wirkte er ja zusätzlich schuldiger, weil er weglief. Aber gerade, als er die Eingangshalle betrat, sah er Ben, wie dieser von einer Gruppe von Kriegern umkreist war. Sie hatten wohl den Schuldigen geschnappt. Einer von ihnen erschuf eine lange Metallkette, die sich um den sich wehrenden Ben wickelte. Louis wollte ihm helfen, doch der Blick, den ihm einer von denen zuwarf, hielt ihn davon ab. Das wäre wohl keine gute Idee gewesen.

Es war das Monster, das in der großen Versammlungshalle gegen den Zaun gerannt war. Jetzt rannte es wieder. Nämlich direkt auf sie zu. Ihr kamen die gleichen Gedanken wie davor in den Kopf. Jennifer wollte sich nicht umbringen lassen. Sie wollte nicht zu so etwas werden. Sie wollte *LEBEN.* Wut kam in ihr hoch. Sie wollte das Wesen vor ihr vernichten. Vielleicht war es auch Hass. Sie nutzte diese Kraft, nur gab es einen Unterschied zu vorher. Hingegen der Tatsache, dass Egon nur an den Fingern schwarz leuchtete, ging sie in einen Zustand vollkommener Energie über. Ihr gesamter Körper leuchtete blau, der Farbe von ursprünglichen Energie auf. Und sie tat etwas Unfassbares. Sie berührte das Wesen, verschmolz mit ihm und - nein - sie starb nicht, sondern es. Egon hatte recht gehabt. Auch die älteste Magie überstand nicht den Gefühlen. Sie erlosch. Doch dann öffnete sich die Tür wieder. Auch Egon war überrascht. Das hatte er nicht erwartet. Eine unsichtbare Macht schleifte sie in den hintersten Winkel des Raumes. Von dort konnte sie sehen, wie eine Gruppe von Jägern den Raum betraten und einen Schüler mitbrachten. Nicht einen Schüler, sondern den Täter. Der Täter, der auch fast für ihren Tod gesorgt hätte. Nicht nur durch die Jäger, sondern auch durch die Explosion. Das Grauen hatte ein Ende. Doch dann sah sie, wer es war. Der

Falsche!

ENDE DES ERSTEN BUCHES

Nachwort

Ein Buch zu schreiben ist viel schwerer, als man denkt. Man ist gedanklich schon weiter, als beim Schreiben und lässt immer wieder Details aus, die man später wieder einfügen muss. Ganz zu schweigen von den Wörtern. Die größte Eingrenzung ist die Schule. Zum Schreiben braucht man Zeit. Viel Zeit und die muss man haben. Am Schlimmsten ist es, wenn irgendjemand etwas davon erfährt und mehr wissen will. Über Sachen, die schon geschrieben sind oder auch noch nicht. Und es wird noch schlimmer, wenn es sich um eine der Hauptpersonen handelt und man denkt, man müsste sie doch einweihen, damit man ihre eigene Meinung hört, aber das ist ein großer Fehler. Jemand der im Buch vorkommt, will natürlich (meistens) der Gute sein. Doch natürlich muss es einen Bösen auch geben. Und ein Fantasybuch wäre keines, wenn einfach niemandem etwas passieren würde und alle in Frieden miteinander leben. Es muss Verletzte oder gar Tote geben und das dürfen nicht nur die Bösen sein. Man darf auch nicht eine Person immer als Bester aussehen lassen und sich in die anderen hineininterpretieren können, weil jeder Mensch sieht den anderen anders und niemand ist ganz böse oder gut. Jeder Mensch hat zwei Seiten. Und beide muss man achten und darf die Person nicht verletzen, aber auch nicht anders darstellen, als sie ist. Natürlich nur, wenn die Charaktere echte Personen nachgestellt sind, was mir bei meinem Buch sehr wichtig war, am Anfang Bezug zur Realität zu nehmen, um den Leser den Eindruck zu geben, er hätte es auch sein können, der in diese Schule geht. Viele Fantasybücher handeln von Menschen mit einer außergewöhnlichen Vergangenheit. Aber wer hat so was?

Danksagung

Man kann ein Buch niemals alleine schreiben. Egal, wie oft man als Autor selber die Texte durchkorrigiert, man findet nicht alles. Ein Autor kann zwar fast alles selber machen, trotzdem müssen andere noch mal darüber schauen. Ich hatte das Glück in eine Klasse zu kommen, in der sich (fast) jeder mit den Anderen verstand und das ist nicht überall so. Ich hatte Freunde, denen ich das Manuskript zeigen konnte und die mir Feedback geben konnten, ohne das jeder darüber Bescheid wusste. Ich hatte auch Freunde und Lehrer, denen ich das vorgedruckte Buch geben konnte, damit diese es korrigierten.

Mein größter Dank gilt meinen Eltern, die mich immer unterstützen.

Register

Personen

Ben: Bändiger des Feuers, Stufe 1, 13 Jahre alt.
Caro: Freundin von Larissa, 14 Jahre alt.
Christina: Tochter von Joelle, 14 Jahre alt, Zauberin des Todes Stufe 2.
Egon: Leiter der Schule , Bändiger des Sandes, Zauberer Stufe 7.
Henry: Bändiger des Metalls, Stufe 4, 13 Jahre alt.
Sir von **Ironstone:** Bändiger des Metalls der Stufe 4.
Jan: Bändiger des Schattens, Stufe 5.
Jennifer: Schülerin 14 Jahre alt, Energinator, Zauberin Stufe 7.
Joelle: Mutter von Christina und Julian, Feuerbändigerin, Stufe 1
Julian: Sohn von Joelle, 9 Jahre alt, Feuerbändiger, Stufe 1
Justus: Bändiger der Luft, Stufe 4, 13 Jahre alt.
Larissa: 15 Jahre alt, Bändigerin des Schatten, Zauberin Stufe 5.
Leon: Schüler, 14 Jahre alt, Steinbändiger, Zauberer Stufe 3.
Louis: Schüler, 13 Jahre alt, Bändiger der Mischung aus Sand und Zeit, Stufe 6.
Frau **Maier**: Mathelehrerin.
Frau **Mistisch:** Zauberkunstlehrerin.
Herr **Montrak:** Kampfkunstlehrer.
Nils: Schüler, 13 Jahre alt, Manipulator, Zauberer Stufe 6.
Herr **Reisinger:** Erziehungslehrer.
Verena: Schülerin und Freundin von Jennifer, 13 Jahre, Bändigerin des Wassers, Stufe 1.
Der **Alte Mann** : siehe Elemente/Kälte.
„Die Stimme"/ „Die Frau": *Kein Zugang.*

(Magische) Wesen

Elementvertreter/ -wächter: Beschützer der Elementkristalle.
Jäger: Uralte Zauberer, welche wiedererweckt worden sind, um einen einzigen Auftrag zu erfüllen.
Uploder: Wesen, welche nur aus Sand besteht.
Werwolf/Curt: Eine Mischung von einem Menschen und einem Wolf, welcher sich kontrolliert oder auch unfreiwillig verwandeln kann. Nach der Verwandlung hat ein Curt keinen Einfluss mehr auf sein Handeln.

Allgemeine Worterklärung

Aufleuchten: Bei der Nutzung der Zauberkraft auf jegliche Art und Weise wird Energie genutzt. Dies erkennt man am Aufleuchten von Nägeln und Augen. Dieser Vorgang wird Aufleuchten genannt.
Energinator: Bändiger der Energie
Leuchtender: Wenn beim Aufleuchteten die Energie des Zauberers ausgeht, er diesen Zauber unbedingt aufrecht erhalten muss oder will, leuchtet er vollkommen auf. Seine Seele hat keinen Einfluss mehr auf den Körper, ein Leuchtender ist unverletzlich. Die einzigste Möglichkeit einen solchen Leuchtenden zu verletzten ist ein anderer Leuchtender. Ein Zauberer kann auch emotional leuchten.
Ringe: Ringe dienen und dienten in der Zaubergeschichte als Aufbewahrungsbehälter für Kristalle und Zauber.
Schwarze Materie: Hier handelt es sich um ein Material, welches die Zaubererältesten seit Jahrhunderten vor den Menschen verstecken. Dieses sagenumwobene Material ist höchst explosiv und reagiert extrem mit jeder Art von Energie.
Schweben: Dieser Zauber ist der am häufigsten angewendeter Zauber. Durch die Abstoßung zweier Elemente stößt sich der Zauberer vom Boden ab und schwebt.
Transporter: Bei Transporter handelt es sich um Fahrzeuge, die sich im Königreich als effizienteste Transportmöglichkeit herausstellten.
Zauberer: Wesen mit genügend Energie um Zauber zu betreiben

Kristalle

„Normale Kristalle“: Unter dem Begriff versteht man Kristalle, welche durch Zauber verschiedene Eigenschaften haben. Diese können sein, das man den Kristall als eine Art Handy benutzt und so mit anderen sich unterhalten kann. Es sind aber auch verschiedene Arten möglich.
Elementkristalle: Es gibt insgesamt nur 13 (nächste Seite). Jeder Kristall hat die vollkommene Kontrolle über das Element und alle Bändiger dieses Elements. Uneingeschränkte Kontrolle. Diese erlangt der Besitzer.

Elemente

Kälte: Die Kälte hat die Herrschaft über die Kälte. Das Element Dunkelheit kann dies nur verstärken. Gefürchtet werden hier Feuer und Licht.
Dunkelheit: Die Dunkelheit, steht hinter uns im Schatten. Sie wispert uns ins Ohr, zumindest bis sie von Lichtstrahlen oder Feuerfunken vertrieben wird.
Gestein: Nichts ist besser als ein gutes Stück Stein zum Frühstück findet zumindest ein Steinbändiger. Davon lässt sich der Wasserbändiger, sein größter Feind nicht überzeugen.
Licht: Ein Sonnenstrahl reicht schon um unseren Tag zu erfreuen. Davon lässt sich die Dunkelheit aber nichts sagen.
Feuer: Der Feuerbändiger versteht nicht, warum sich all vor ihm fürchten. Der eigentliche Übeltäter hier sei doch die Kälte.
Wasser: Nur eine Frage: Wie kann man Stein (fr)essen?
Metall: Er könnte das den ganzen Tag lang machen. Den ganzen Tag lang sein Metall manipulieren, wenn da nicht der Manipulator von nebenan wäre.
Natur: Immer nur weiterwachsen! Der Rest ist egal.
Tod: Eigentlich will er nur in Ruhe gelassen werden, doch wenn man schon provoziert wird. ***Stirb!***
Manipulation: Warum kann der Metallbändiger ihn nicht einfach in Frieden lassen!
Luft: Er liebt das Gefühl als leichter Luftstoß durch die Wüste zu streifen. Wenn da nicht diese Sandkörner wären
Sand: Er nicht. Er könnte auf diesen Antrieb verzichten.

Demnächst:

Zweiter Band